男人不是用下半身思考的动物，
他们在用下半身思考之前上半身已经思考好了；
女人才是用下半身思考的动物。

中国第一足球宝贝处女作

经历了太多，
我们开始变得和男人一样……

# 孪男

刘闻雯著

WUHAN UNIVERSITY PRESS
武汉大学出版社

# 目　录

# 目　录

“我很爱他，却也很痛苦。”

“找男朋友没什么意思，如果你爱他多一些，你会累；如果他爱你多一些，他会累。”

“我只有情人，谁也不管谁，很轻松。”

“我连情人都不要了，没意思。”

“我遇到的每个女人都有过伤心的经历，我们仿佛慢慢地变成了男人。于是我们不再爱男人，选择去爱女人。我同屋住着一对女同性恋，她们同样每天吵架，难过，流泪。我看着看着不觉也难过起来。原来不仅是男人靠不住，其实女人也靠不住。”

“我最近怎么老想着自杀？”

“现在的男人越来越有女人味儿，现在的女人越来越有阳刚气概。”

“李宇春和李玉刚的出现说明当今社会两性越来越接近，也许我们都是中性人。”

# 我是一个演员

每天早上醒来，我都会惊出一身冷汗，我问自己，我在哪里？我什么时候死去？我都干了些什么？无论头一天我是痛哭流涕还是醉生梦死，第二天早上醒来我都会诚惶诚恐。我去看了心理医生，心理医生告诉我，现在的城市人因为生存压力或多或少地都会有一些心理疾病。然而他们却不愿意看心理医生，他们都说：我很正常。而这大街上来来往往的人看上去似乎都是正常人。他们四肢健全，可在我眼里，他们全有残疾，都受了内伤。

我出生在中国的原因是中国有十三亿人，占了世界人口的五分之一，所以几率比较大。在这么大的国度里，遇到好男人的几率大，遇到坏男人的几率同样也大，总之什么几率都要比别的国度大。我现在觉得，在每一次冒险中，最刺激的就是体会和揣摩自己的变化。而揣摩自己的变化也比揣摩对方的变化有趣得多。我觉得这比玩股票还刺激。

在每一次冒险中，对方的变化总是遵循一个轨迹，索然无味，而自己的变化却是未知的。

我是一名演员，绝非跑龙套的。我不是电影学院毕业的，也没有达官贵人“无私”地掏出几百万为我买角色，买剧本。总之我成为了一个小有名气的演员，这种过程有点像美国电影《阿甘正传》。

我深知天上不会掉馅饼，所以平时我比谁都要努力，不仅跑到图书馆借来了中戏本科的教材在家自学，还翻出了大量的古今中外的电影、连续剧在家宅看。就这样在家宅了两个月，再次出山，我觉得自己应该变成了影后级别的人物，然而现实告诉我，差点我没成白毛女。再次出门，我几乎不会跟人交流了。

和孔灵一起逛三里屯 VILLAGE，我一言不发，这是宅女后遗症。

“亲爱的，你最近怎么这么闷啊？难道有心事啊？”孔灵拽着我的胳膊。

“我都不知道该说什么呢。”我看着来来往往的型男型女们发呆。

“你在家都待傻了，以后可不许宅这么久了，没事多出来和大家聚聚。”孔灵边走边说。

“说说你吧，最近接到新戏了吗？”我侧过脸看了孔灵一眼，雪白的肌肤，美丽的轮廓在夏日的阳光下青春盎然。

孔灵是我的好朋友，同时也是我们剧组的演员，她清瘦高挑，皮肤白皙，说起话来像温柔的小鸟。倘若你是个正常男人，要么醉死在她的温柔乡里，要么昏死在自己的鸡皮疙瘩里。

孔灵约我明天去她家对台词，我满口答应。

第二天，我本来打算坐地铁2号线直奔她家。7月的北京骄阳似火，刚一出门我眼前的一切就变得模糊，大概是太阳晒得我头脑发昏。地球的构成越来越趋向于冰箱和烤箱了，由于各种砍伐和污染，导致了地球越来越极端化，而人类的进化却正好与地球相反，越来越中庸和圆滑。我走在北京的街道上，似乎回到了老家南京，逃离高温也是当初我选择离开南京的一个重要原因。一路向北，而今想来自己似乎以一己之力交换了赤道。

我终于忍受不了步行的痛苦，决定打车去孔灵家，然而出租车却时常和我们一起下班，暂停服务的牌子挂在车前让其立刻变成了私家车。我焦灼地站在路边，一辆载着客人的出租车却停在了我面前。车里的人探出头来对我说："妹妹，你去哪里？现在不好拦车，要不我带你一程吧。"车窗里探出的是一个戴着银边眼镜，留着性感的小八字胡的男人。我犹豫了一会儿上了车。上车的原因有三：其一是因为这是出租车，还是有安全保障的，如果是私家车，我铁定不敢上。其二是坐在车里的这个男人一听口音就是外地人，外地人在北京也不敢做出太出格的事情。其三，我知道天上掉馅饼的事情多半是因为我足够漂亮，对方也足够色。既然了解这些我也就知道自己该如何应对。

他叫周振羽，居住在香港的大陆商人。我姓梅叫悠，一个居住在北京的南京人。接下来的几天里我经常接到这位老兄的电话。我不讨厌他，但也不喜欢他。他打电话约我晚上吃饭，我应允了。我打开衣柜，发现衣柜里的衣服多得我眼前一片茫然，根本不知道该穿哪一件。所以我觉得我不再需要衣柜，我需要的是一个足够大的衣帽间。而在我狭小的衣柜里根本找不到我想要的衣服，所以我经常一件衣服穿好几次，而有的衣服从买至今一两年了，一次也没穿过。慌忙中我捡了一件黑色蕾丝上衣搭配白色高腰短裤。出现在他面前的时候，他两眼放光地说道：“你今天太漂亮了。”

他约我去太平洋百货后面的1949中餐厅吃饭。这里的环境有些中资，据说这家餐厅每天都要预约，倘若直接来可能要等到晚上九十点才能吃到饭。男人对你的好色程度和请你吃饭的餐厅是紧密相关的，我们边吃饭边聊天。

“你爱看老电影吗？”我的问话直截了当。

“不看。”他推了推他那副银边眼镜。

“那你看话剧，听音乐会吗？”我吸了吸苹果汁。

“不看，不听，没什么时间。”他的回答也直截了当。

“那你会干什么？”我抬起头看了他一眼。

“我只会赚钱。”我看到他的表情一本正经，不由得想笑。

“你来北京干嘛的啊？”我的语气生硬且不屑，让我自己都觉得这有点像在审问犯人。

“我找人来的，不过现在找到你了。”他的回答很有耐心。

我站在时间的中轴线上，忐忑不安。我是个好孩子，一个快被苍白的生活活活憋死的好孩子。人生很奇妙，分为三个层面，一个是糊涂层面，很多人每天这样过着，受固定模式的捆绑，却不知道他们为什么要这么过；一个是清醒层面，看清了一切，知道自己不能这样活着，挣扎，执拗；第三个层面是清醒装糊涂，知道自己不能这么活，小日子却依然过得有滋有味。而我很明白自己目前达不到大智若愚的境界，只能站在第二层，内心拼命地呐喊。

周振羽到来之前，我是一只刺猬，因为我一直站在第二层，我不知道还有第三层，我以为我达到了顶峰，得意忘形。想必自己是一副难看并可笑的嘴脸。只要遇到第一层或者正在往第二层进发的人，我就像个泼妇一样开始用文化人和哲学家的口吻谩骂他们。我只是在键盘上敲打，但是依然觉得那时的自己是个泼妇。一个男人想和我上床未遂，开始在 MSN 上和我聊关于性的话题，我的回答索然无味，也许他连最后一点意淫的欲望也被我打消了。我就这样残害了很多男人的生理欲望。最后我们聊起了人性，聊到后来他不停地骂自己是猪。我只是用了最简单的思想在思考问题，简单得就和刚生下来的婴儿一样。他便说从来没见过有我这种思想的女孩，小心走火入魔。我说：“你凭什么判断我有走火入魔的倾向，你再次用你的意识去判断别人，记住你的意识只来源于你的大脑，不要轻易去推断和揣测，这会让人觉得幼稚。”他说他错了。其实我的确在走火入魔，因为太真实的世界本身就是一个魔。我无法投入地去爱，看到任何帅哥、美女，我都会立刻联想到他们在拉屎。

我心知肚明他不是我喜欢的类型，所以他来的时候我应该是俯视他的，却又奇怪地冒出巨大的欲望。晚饭以后，我们去了酒吧，在酒吧的氛围里，我突然觉得自己穿得不够精彩。我很讨厌穿得不够精彩去酒吧跳舞，不跳舞去酒吧对我来说又毫无意义，于是我在自觉与不自觉间装起了醉酒的样子。他拿我的奇怪言行没有办法，每次打电话给我时，我头几分钟很热情，后几分钟就无缘无故地挂掉了电话，他说“你真是个妖精”。装醉或多或少是有一些真醉，于是他抱着我，吻我。我嗅到了他身上的味道，我很喜欢。我是个靠鼻子去生活的人，靠鼻子去释放欲望。我第一次允许男人在酒吧里抱我吻我，我喜欢这种感觉。我知道自己和男友分手一年了，我是一只干枯的花朵，很多人想给我浇水，被我拒之门外。而今不知道是因为我再不浇水就会干枯而死，还是因为我喜欢这水的味道，总之，我喜欢，我要跟着感觉走。

# 我不是一个演员

我正在睡梦中，就听到手机铃声响起，是经纪人小白打来的。

“还在睡呢？你这过的可是欧洲时间呢。”小白的电话通常不是通告就是应酬，我一听他的声音，压力马上激增。

“是啊，最近也不知道为什么就老觉得累哦。”我揉揉眼睛。

“今天晚上公司大老板请客，有关新剧投资的，你今天得参加啊。”不出所料，小白立刻言归正传。

“我去干嘛啊？我又不会喝酒，一喝就高，一高就傻笑，多丢公司形象啊。”我在迷糊中说道。

“不要你喝，你只管吃就行，孔灵晚上也去的。晚上七点半兰会所，别迟到啊……”小白的声音一直回荡在我的耳边。

我刚来公司不久，还没有正式签订合同。但是对演艺圈的应酬之类的事情还是有所了解的，不仅是演艺圈，哪个圈子不需要美女应酬？孔灵跟我说这个圈子只有富家女不用应酬，老爸拿点钱出来投资就可以上戏了。

晚上我打车来到建国门的双子座大厦，看了看手表，还挺准时，乘坐电梯直达兰会所，却发现孔灵已经到达。孔灵打扮得异常惊艳，香槟色的礼服，香槟色带钻的高跟鞋，这鞋的高度足以让一个正常男人变成二等残废。孔灵照常背着她那爱不释手的 Anteprima * Hello Kitty 的中号包。孔灵去年圣诞去香港购物，一眼就看中了这个粉色的大猫，一看价格 2 万多，没把她吓晕过去。她在店里磨蹭了大半个小时，终于刷信用卡买下了粉猫，这卡一刷，香港购物计划基本上就此中止。因为出发前买的往返的打折机票，无法改签，所以她每天抱着她那中号粉猫在酒店睡觉，直到回程的那天。

回来后，孔灵每天背着她那只猫进进出出，来来回回，没搞清楚的还以为她最近在宠物店上班了。

“亲爱的，这么早就到了啊？都不像你了，你平时老迟到。”我走过去拍了拍孔灵的肩膀。

“悠悠，你穿这么休闲就出来了，今天可是见投资商啊。”我看了看自己的穿着，笑着对孔灵说：“这就是我的风格啊。”

当我们推门进去准备就座的时候，我看到了一张熟悉的脸，周振羽。他朝我撇嘴一笑，表情立即客套起来，我立刻知道了他的身份——香港商人，原来他是来内地投资影视剧的。我也装作和他不认识，这一点伪装对于演员来说再简单不过。演员其实也就是一骗子，生活就是一部剧目。

大老板张把我们几个演员一一介绍给周振羽，介绍我的时候，我点头微笑，却并没有看他。整个饭局上所有演员都忙着应酬和敬酒，只有我只顾着品尝美食，小白在桌子的斜对面对我使眼色，让我给大老板和周总敬酒，我眼看着小白的眼睛都要挤得掉出来，实在不忍心就端起酒杯敬两位老板。

临走的时候，周振羽从身后揽了下我的腰，我惊诧得几乎要叫出声来，只听到他在我耳边轻轻地说了句："今天你很漂亮。"

应酬是我最不喜欢的，也是最不屑的。好像人类的天性就是想当艺人，不伪装，不演一把戏总觉得枉费人生，难怪现在的孩子都不想上学，都想当"超女"、"快男"，都想当明星艺人，原来是本性的激发。回到家里没多久，我就收到了小白的来电，我不太想接，想装作已经进入梦乡没有听到电话响，但是那催命的铃声足足响了一个世纪之久，没有停下来的意思，不得已我还是接了手机。

"悠悠，今天累吗？"

"还好啦，就是有些困了。"我打着哈欠。

"你先别犯困，你来公司多久了？"

"一个多月了。"

"你的运气真不错，才一个多月就有人点名要你演下部戏的女主角，公司很多演员等了一年多，也没等到这个日子。"小白的声线提高了一个八度。

“你是说今天投资的这部戏吗？”

“对呀，这也是最近公司筹备的最大的一部戏，要上黄一的。”小白很激动地说。

“什么是黄一呀？”我对于演员这个行当的一些专业术语还是没弄明白。

“就是中央电视台一套黄金强档，演员拍的戏能上黄一就是他们的终极梦想。”

“可是为什么会选我呢？”

“你傻啊？今天一起吃饭的周总是投资人，他说了算啊。你赶紧收拾一下，打扮得漂亮点，到威斯汀酒店2011号房间和周总讨论这部戏的相关事宜。”

听到“酒店”两字，我总觉得怪怪的，心里有些发毛，抵抗情绪油然而生：“这么晚去酒店啊？明天聊不行吗？”

“今天主角就要定下来了。别纠结了，快点吧。”啪的一声小白挂掉了电话。

我内心纠结了足足十分钟，最终还是提着包去了威斯汀。当我推开房门的时候，看见周振羽穿着睡衣，表情是色情的；而当我夺门而出的时候，他依旧穿着睡衣，表情却是尴尬的。房间内的事情很简单，想获得下部戏的主角必须用一些东西去交换，合约是两年，既是演艺合约也是包养合约。

回到家里，我脑海里一直回想着周振羽的那句话："现在这个社会，没有点背景，没有点钱，怎么熬出头？有的演员埋头苦演一辈子，观众也不知道他是谁。"

而此刻周振羽也在想着我回复他的话："这个世界上不是每个女人都愿意出卖自己的，并非我高尚，只是因为我足够自私。我很佩服那些解开衣服换取名利的女人，因为她们用精神世界的污秽换取了物质和名利上的享受，她们是很了不起的，懂得自我牺牲，而我做不到。"

晚些时候，我接到了孔灵的电话："睡了吗？"

"还没呢。"我一直在思考着今天晚上发生的一切，之前我对演艺圈的了解只停留在演艺圈有潜规则，而我现在的想法是潜规则已经拿到桌面上成为明规则了。

"你今天接到公司电话了吗？"孔灵问我。

"你不会也接到了吧？"我反问孔灵。

"是的，我也接到了。你去了吗？"

"我去了，又走了。"我回答。

"我也是。"

"你以前在公司遇到过这样的事情吗？"我迫切地想知道结果。

"当然有，不过不是我，是之前的几个演员，现在有的已经红了。你怎么想的啊？"

我立刻义愤填膺：“这还用想？绝对不可能，我宁可不和公司签约，也做不出这种事情，太可悲了，这行业，我不想干了。”

“你别激动啊。”

“亲爱的，你怎么回复那老色狼的？”

“我当然说不同意了，这成什么了？高级妓女？”

晚上，我在家里胡思乱想，怎么也无法进入睡眠。我回想着自己从记事开始的点点滴滴，回想着自己遭遇的初恋，回想着自己这几年在社会上遭遇的各种艰辛和痛苦，泪水如银河般地划过天际，心里莫名地出现一个念头：这演员我不做了。

# 带刀见父亲

我出生在江苏南京的城区，父亲是一位商人，母亲是学校的老师。因为父亲早年下海经商，所以家里提前奔向小康，我从小就过着衣食无忧的生活。父母为了培养我勤俭节约的传统美德，并没有给予我比别的孩子更多的零花钱。而我小的时候却迷上了动画片和漫画书，每天放学回家就守候在电视机前收看《圣斗士》、《变形金刚》、《忍者小英雄》、《哆啦 A 梦》。放学总要去学校周围的小店买很多漫画书如《尼罗河的女儿》、《小甜甜》等，上课的时候我总是把课本放在桌上，漫画书放在腿上，视线却呈自由落体状。自此以后，成绩一落千丈，母亲没收了我所有的漫画书，对我采取了缩减财政支出的制裁措施。

我相信人的优良基因是会被遗传的。我把父母给我买的精美文具、玩具都拿出来摆地摊开始大甩卖。上小学的我在当时应该算得上是摆地摊的鼻祖了，生意做得有模有样，一个星期下来也有十几元的收入，我全部拿去买了漫画书。对于收支状况我并不满足，于是开展了第二项业务，野心勃勃地搞起了无证抽奖。每天放学回家我就召集同学们去参加我的抽奖活动，我的忽悠能力不可小视。每天放学后我的摊位前几乎人满为患造成交通堵塞。五毛钱一抽，奖品种类繁多，钢笔，卷笔刀，不粘胶，变形金刚，还有爸爸从国外带回来的各种玩具和巧克力。终于这件事情被一个倒霉蛋给告发了，因为这孩子是冲着变形金刚来的，却连续三次抽到卷笔刀。老师没收了所有赃物和赃款，并把我遣送到父母面前。显然幼小的我并没有意识到做生意要打点黑白红三道，而那倒霉蛋的孩子显然再次扮演了黑道勾结白道的角色，果不然第一次创业就被黑道给坑了。然而这次父母并没有给我一顿竹笋炒肉，这让我觉得尤为奇怪。大概父母终于在我身上发现了潜质，找到了对我的培养方向。

一开始我们住的是母亲学校分的房子，三室一厅，不大不小，生活安逸，之后父亲又在外面买了一套商业住宅。从这一点来说父母那一代也远比我们这一代要幸运得多，当我们考高中时，中考开始分流；当我们考大学时，高考成了千军万马过独木桥；当我们毕业就业时，还没上岗就面临着下岗；当我们要买房结婚时，房价简直毁了我们这一代。这让我们这一代人不得不沦为世人皆鄙的“啃老族”，啃着啃着我们的心态就会越来越老，与置身死地而后生相反的是不劳而获，而不劳而获容易导致不思进取。这种状况很难得到平衡，儿子大了要买房子娶媳妇，女儿没点家底也逐渐沦为剩女。其实每一代人都有每一代人的尴尬，时代造就的尴尬让我们活得不够潇洒，活得拖泥带水。然而正如狄更斯在《双城记》里说的：这是一个最好的时代，这也是一个最坏的时代。

我的成长有点离经叛道，母亲是做教育的，所以对我的管教十分严厉。父母和所有的家长一样望女成凤，儿时带我去学钢琴，我却把乐器室的架子鼓给敲破了；他们带我去学画画，我却把老师家鱼缸里的金鱼给弄死了；把我丢在家里，我溜出门自学学会了游泳，当我不小心掉进河里，以一种天性的狗刨式爬上河岸的时候，母亲闻讯赶来惊出了一身冷汗。我是阎王不要的小孩。当然也正因为我的种种恶行，父母搬出了清朝十大酷刑。我每周要饱吃一顿竹笋炒肉，边吃边掉着眼泪，嘴里还要喊着“打不疼，打不疼”。“打不疼”其实是一个病句，当时还没上小学的我却浑然不知。除此以外，家里的衣架也因为我的存在而更新换代得很快，我或多或少也为拉动消费、带动内需做出了一些贡献，不觉感叹一句：没有白活呀。

小学四五年级，我经常和小区的同龄的孩子打架，从 A 到 Z 打了一圈，打完了小区的孩子，又在学校的班上开战，我把同桌的男生打得他的母亲哀求老师要求换座位，我眼见着这位母亲差点儿哭出声来，猛生恻隐之心，此后我便收敛了很多。当我觉得自己正在由“假小子”向“淑女”蜕变时，在一次放学回家的路上，看见两个校外小流氓欺负一个女生，过去就给那两个小流氓下身两脚，踢得他们疼得差点昏倒过去，我抓起那个女生的手就跑。就这样这次蜕变宣告失败。

“妈妈，我是见义勇为的英雄人物啊，为什么这么多年就被埋没了呢?”我常常感叹。

“你还说这个，那两个小流氓后来找了一帮小流氓去你们学校找你报仇，要不是我去你们学校给你们教务处说了这个事情，他们采取了安全措施，你还不知道被别人欺负成什么样了。你这孩子从来没让我们少操心，比养儿子还累。”妈妈呈咬牙切齿状。

我们家住的小区里，大约是把毛泽东思想贯彻到骨髓里去了，“修长城”的“修长城”，“斗地主”的“斗地主”，干得是热火朝天。母亲不喜欢麻将，不喜欢站在小区门口说三道四，她喜欢关起房门家长里短。她虽然喜欢唠叨却为人清高正直，她看不惯她们学校那些事。大学的职工家属也经常通宵打麻将，其实这也很正常，所谓大雅的背后都有大俗，站在讲台上吞食粉笔灰的灵魂工程师们在台下也要工程一下自己的精神和物质欲望。每个人都有卑微的时候，因为人本来就是卑微的。而这个世界也都是恶俗的，所以姑嫂们为了麻将那点破事而吵架也是家常便饭。桌头吵架桌尾和，总不能闹得个三缺一跟憋尿似的，憋出肾炎来如何是好。

母亲学校一位夜大毕业的女同事绿绿，从一名代课老师在短短两年内摇身一变成为行政部副主任，另一个电大的女同事红红也摇身成为了办公室秘书。而有师范正规文凭的母亲还在辛辛苦苦带着学生。这事很有趣，在一次全校老师聚会上，校长和相貌姣好的绿绿跑到隔壁小房间，也不知道是借着喝酒的那股劲还是利用酒的掩饰，总之在他们欲火释放的时候，红红从沙发后面跌跌撞撞地冒了出来，大约是喝醉了在这房间休息来着。这一偶然的剧目其实是上天安排给红红的鸿运高照。有时候天上真的会掉馅饼，这次掉下来的还是扭打在一起的开心麻花。于是她们两个就这样一上一下平步青云起来，关键在于这两人纯粹两个草包。母亲只有辛辛苦苦地埋头苦干着。

我的父亲是做钢材生意的，据说父亲对母亲是一见钟情。当年学校文艺演出，正逢父亲去学校跑业务，看到在舞台上跳舞的母亲，就傻了眼。母亲年轻的时候也是美女一个，追求者也是可以列队阅兵的。在父亲每天爱心午餐的疯狂攻击下，我的出生有了契机。他们终于结婚了。母亲是典型的贤妻良母，每天下班回家，还要做家务，任劳任怨，总是把我和父亲照料得很好，她的婚姻生活也因此而幸福美满。一个会赚钱的老公，一个漂亮的女儿，衣食无忧的生活，对于一个女人来说，还有什么奢求呢？然而，幸福的时光总是那么短暂，幸运女神也总是那么吝啬。父亲因为生意经常出去应酬，到了我上初中的时候，几乎一个月看不到父亲，每天我还没起床父亲已经出门。而父母的争吵也在与日俱增。直到有一天一个女人跑到家里来和母亲谈判，我才明白，原来父亲在外面有了其他的女人。母亲因此和父亲大吵一顿，带着我回了娘家。其实在当时，上初中的我并不太明白所谓背叛家庭的真正意义，即便我已经到了发育的年龄。在当时，中国青少年的思想与其身体的发育并未同步，而是滞后的。以至于当我听说我的好朋友和她的双胞胎哥哥睡一张床的时候，突兀地冒出这样一句话：“那你搞不好会怀孕哦。”那女孩听罢急得哭起来，叫我陪她去医院做检查。

因为这样一件事情，父母的感情没有以前那么好了，但是在当时他们考虑更多的是我的未来。等到我上高中以后，为了让我考上重点大学，父母为我聘请了一位家庭教师。这位家庭教师名叫方月亮，是南京大学大二的学生，从云南的一个小镇考到南京来，是当年他们县的高考状元。由于家庭贫穷，向学校申请了助学金，家里也向乡里乡亲借了不少钱作为学费，所以大一便出来当家教打工赚钱。

这位家教姐姐说话特别温柔，这就是我当时对她最强烈的印象。正是基于这种温柔，我特别能够接受她的辅导。有了家教的辅导，我高中一年级的成绩在全班一直保持前十名左右。因此母亲跟这个家教签了两年的合同。我的成绩上来了，父亲出去应酬的次数也在与日俱减。母亲似乎看到了从前那个幸福的自己。其实人从一降生就开始走向死亡，这是由时间的单向性决定的。在这样一个过程中却有很多个轮回，幸福当然也是其中一种元素。就连往年被父亲忽略的结婚纪念日这次也准备得很精心。父亲亲手下厨做了一桌子美味，买回蛋糕红酒，来庆祝这样一个十几年才庆祝一次的结婚纪念日。父亲让我这天住表妹家，说是要和母亲过二人世界。我开心地点点头。晚上母亲逛街回来，推开门一看，房间没开灯，客厅点着几根蜡烛，随口便问道："今天家里停电了吗？"正在这时父亲捧着一大束玫瑰走出来，对她说："老婆，今天是我们的结婚纪念日，你忘记了吗？"母亲顿时被此时此刻的场景吓住了。十几年都没过结婚纪念日了，突然来这样一个惊喜，还真让人接受不了。

鲜花，红酒，蛋糕，烛光晚餐，除了甜蜜还是甜蜜。母亲觉得自己十八年的煎熬终于熬出了幸福，就仿佛一道熬了很长时间的高汤，味美而营养丰富。烛光之间，恍如隔世。时光仿佛将自己带回了十八年前的热恋中。而恍如隔世的感觉也只是因为时间在作怪吧。也正因为时间的作怪，我眼见着自己的家庭老师变成了自己的继母。在那个结婚纪念日的当晚，母亲不仅收到了鲜花美酒，她还收到了离婚协议。在一个惊喜之后再来一个重创，这不是对一个女人的补偿，而是对自己良心的安慰。这种对自己良心的安慰其实加剧了对方的痛苦程度。一个人从平地掉到谷底受的伤比他从云端掉到谷底要轻很多。在法庭上我被判给了母亲，从此我们娘儿俩相依为命，相濡以沫。

离婚，如今几乎成了一种常态。我们知道这个世界上最无法把握的是人。爱情不是静止状态，是一个流动状态。婚姻似乎成了流动爱情的容器，而这个容器在时间的洪流里变得越来越易碎。都说爱情是两个人的事，没错，如果只是一个人的事就好办了，因为你能控制自己的感情。在这样一个流动状态下，能保持类似静止的状态不是一件容易的事。这是一种智慧，一种很高深的智慧，为什么人人都在为爱情苦恼伤心难过之后，又再去寻找，因为人们需要快乐的感觉。如果你拒绝痛苦，你也就拒绝了快乐，拒绝了爱。如果你能一直拉着你身边这个人一起，像车子的左右轮胎一样一起前进，那么这样长久的事倒不是不可能。只是你也许能拉住对方，但是最后却是对方没有拉住你。所以在大学毕业的那一天，好友问我对未来有信心吗？我的回答是事业上有信心，爱情上没有。好友用怀疑的眼光看着我。我的眼神却持续迷茫。

然而在那个年代里，离婚并没有现今这么普及，所以不仅母亲，就连我自己也是遭受到一定打击的。高三时，老师要求写作文“我的爸爸”，我在那一节课上一直把头埋在臂弯里。我不知道自己在想什么，我只知道当时的自己是痛苦的，一种背离幸福的痛苦。

一年以后，我对男欢女爱的事情有了一定的了解，但是这种了解是带着偏差的。某天母亲对我说：“你父亲要来看你，你自己去见他吧。”我记得那天我在书包里放了一把小刀，母亲问我为何。我说：“只要是个女人他就有兴趣，所以我要保护自己。”

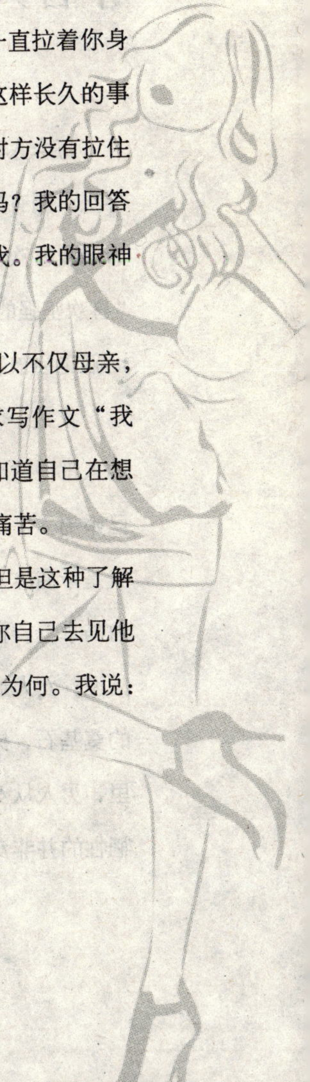

# 半兽人

每个人都有一个悲伤的爱情故事，有的故事真实地存在于这个世界上，而有的故事存在于他们欲望犹生的嘴皮子上。所以当那些追求者问我喜欢什么样的男人的时候，我的回答甚至让我自己忍俊不禁：“喜欢坚强的男人。”爱情链其实犹如食物链，狼伤羊，羊也会伤草，而狼也会被豹伤。

我是一个思想开放行为传统的人，我是一个极其矛盾的人。周遭的人都说这个社会上有三种男人你沾不得：文艺青年，演艺圈的人，已婚男人。因为他们是一群喜欢给自己套上枷锁的自由人，他们天生就是矛盾体。就好像一旦套上文艺青年的枷锁，那么向往无限制的自由与享受，接近女人离开女人就无可厚非，精神分裂也无所谓。他们常说，女人通常是艺术的牺牲品。这句话我不赞同，女人应该是艺术的奠基石，男人才是艺术的牺牲品。在这个以男性为主导的大环境里，男人从女人那里获取灵感和激情，呕心沥血创造出伟大的作品，牺牲的并非女性，而是自身的能量和心血。

闲暇之余，我在写文章，也在看文章，窝在我那狭小的空间里。那些书本里每一次记录着的邂逅都会有一个切合实际或者不切合实际的结点。结点都是一样，让我觉得那些故事是虚假的，或者构成那些故事的人是虚假的。我希望第一眼就能看到结果，开头最好这样记录：是的，我和他上床了；是的，我死了。

南京是一个让人容易遗忘苦恼和忧伤的地方，正是由于遗忘得太快，忧伤其实潜伏在你的细胞和血液里，缓缓地蔓延。不过我的人生真的没有大喜和大悲，大多数人的人生都是这样，因为我们生活在和平年代。我常常想为什么伟大的文学作品大多出自动荡或战争年代，正如某部禁片里的台词：战争年代我们流尽鲜血，和平年代我们寸步难行。因为在和平年代，人的意识会更加敏感，目光会更加集中。痛苦被无端放大，例如失恋、失业、失学，就有人会去选择自杀，更或者很多赖活着的人会无病呻吟。倘若把这些放在战争年代，即便父母双亡，爱人分离，他们大约也会坚强地活着。所以我明白了人不是死于艰难，而是死于安逸。动荡的年代思想反而进步，安定的年代思想却在退步。安逸无疑让人性中脆弱的一面任意滋长。战胜懦弱我们需要信仰。而今社会，我们却逐渐地丧失着信仰，我们的灵魂逐渐地变得无所寄托。

因为父母离异，在很长一段时间里，我都有异性恐惧症，这也导致了我天生的晚熟，直到大学毕业我都没有谈过一次恋爱。22 年的单身延续到大学毕业的那年夏天终于宣告结束。

那年南京的夏天十分炎热，不愧为火炉城市，我和朋友邀约去展厅看设计展，这里展出的是一位青年设计师的作品。看着无规则的设计画面，我若有所思，突然觉得背后有人拍我的肩膀。

“你好，我是这里的工作人员，来自这个设计展的承办单位，想问一下您对这里的设计有何评价?”

我回过头，映入眼帘的是一个帅气高大的男人，身高据目测有一米八五左右，留着我最喜欢的寸头，轮廓鲜明，高挺的鼻梁和微微翘起的下巴，穿着 Tommy 的衬衣和 Levi's 的牛仔裤，勾勒出的是一个年轻男人的外形，勾勒出的也是一个年轻女孩的痴迷。直到他用手指触碰到我的皮肤的时候，我才知道他是真实存在的。

他叫莫毅，我看见他的第一眼就着迷了，这种感觉我相信一生只有一次。接着我们开始约会了，那一刻的感觉就好像两个人站在火山边却义无反顾地往岩浆里跳，他们需要炽烈，需要融化。饭后我们漫步在公园，坐在一张长椅上，莫毅把嘴贴近我的脸颊，听着他轻微的喘息声，这些都让我无法抗拒。

“原来那些设计都是出自你之手，简直太美妙了。”他只是冒充调查公司的人来和映入他眼帘的美丽女子搭讪，这是他的设计展。

莫毅笑笑，开始讲述自己的艺术生涯，从伦敦展到东京展，从抽象艺术到贝多芬的平均律。他用手在空中比画着，既而他讲到了自己前一个失败的爱情，“假如你的男朋友为了出名放弃和你长达四年的感情，你会有什么样的感受?”他的头既而垂了下来，像一个单纯的孩子，眼睛清澈而迷离。

“在一个漆黑的长夜里，她跟着所谓能让她出名的男人上了一辆X6，蓦然回首，她留给我的就是一副似笑非笑的表情和一串放荡的笑声，这就是所谓的名模，这就是他妈的看似坚韧无比却异常脆弱的爱情。”通过莫毅的言语，我能感受到他躁动的情绪。

他的故事似乎没有结束，就像这漆黑长夜一般。

“我说了这么多，能说说你吗?”他抬起头看着我。

“关于什么?”

“你的爱情。”

我羞涩地摇摇头，而此刻我也正在感受着初恋到来的激烈和美好。

“让我成为你的第一个。”莫毅边说边用深情的目光抚摩着我的脸颊，这种抚摩让我的脸开始灼热。

我闭上眼睛，他的嘴唇在我的嘴唇上画着弧线。我似乎觉得这是我人生真正的宿命，我觉得自己其实早已被他俘虏。

第二天，我们从一睁眼便开始给对方发短信，而这电波的传递已经超越了正常的负荷，我一整天无心工作。我每时每刻都在想着莫毅。晚上我们用最快的速度奔向对方。莫毅带我来到他的工作室。这是一间简陋的工作室，简陋得让这些设计凸显出更加神圣的气质。莫毅在我面前大谈自己的理想和憧憬，而此时我的脑袋却是一阵嗡鸣，什么也听不到。事后，我怎么也想不起来我所看到的，所听到的。有人说有时男人只是为了跟女人上床，而女人却希望跟男人一辈子。可是总有那么一个时刻，在女人的大脑里也只想着男人想跟她上床，其他的什么也没想，只是她们自己从来不曾发现。是人就有人性，人性也确实产生于性。

“在你的面前我总是有股莫名的紧张。”莫毅把手伸向我的后背，用手指在我的脊梁上摩挲。

“和你在一起，我才真真切切觉得自己是个女人。”我这样回复，那是一种发自内心的回复。

性是一种毒品，因为在那之前和在那之后的女人和男人是截然不同的两个人。但无论男性还是女性都会飘飘欲仙，飘到你忘乎所以，忘记现实。《闻香识女人》里一段关于女人的描写非常之美：女人两腿之间是通往天堂的护照。男人何尝不是呢？男人的两腿之间是通往魔界的列车。

第一次尝试这种“毒品”，我内心斗争激烈，大脑里出现两个自己在打架。A对我说：“不要轻易答应，轻易尝试，你是个传统的女孩。”B说：“长这么大都没有体会过做女人的滋味，倘若明天你死于非命，是不是愧于人生呢？”终于A屈服于B。

莫毅是老天赐给我的礼物。高大英俊，才气逼人，男人除此以外还需要什么呢？我当时认为我的人生就是从那一刻开始的，从他用手抚摩我全身的那一刻开始，在他那间陋室里，我觉得我很幸福。我已经在幻想我们的将来了——结婚，生子。

一个星期以后，他来找我。我们来到第一次约会的玄武湖，排排杨柳与棵棵梧桐亲吻着，这是能让人点燃情绪的地点，因为有水，有树。阳光仿佛拿着羽毛，搔得人懒洋洋，昏昏欲睡。柳树始终洋溢着它那亦正亦邪的笑容。

“你是个喜欢幻想的单纯女孩”，他用手抚摩着我的头发，继续讲述着他那些离经叛道的经历，各地的设计展，以及邂逅女作家和文艺圈名人。他越讲得带劲，我越难以听进去，因为我觉得他在踩着我的身体往上爬，而他在我眼里变得高高在上，让我觉得高不可攀。

猛然，他凝视着我，用那种猎人般的眼神。

我的欲望犹生，一种略带羞涩的欲望。如果一对男女邂逅，男的是哑巴，女的是聋子，他们能够相爱吗？我认为答案是可以，因为眼神可以欺骗一切，也可以俘获一切。

这一次比上次远远要漫长得多，我把身体蜷曲得仿佛自己待在母亲的子宫里。这是一个有趣的现象，男女盘在一起更像是母亲子宫里的龙凤胎。也许人只有在这两种状态里是完全赤裸和自由的。

我 22 岁的生日如约而至，带着上帝赐予我的礼物。我希望和他度过我的生日。那一天是带着怎样的心情等待着我已经记不清楚，等到下午五点依然没有他的任何短信和电话，窗外突然打起雷，天空骤然倾盆大雨。母亲全身淋得透湿进门，手上提着一个生日蛋糕。我看着母亲哭了。

是的，他在我生日的那天消失了，所有的联系方式都找不到他。我的眼睛分泌出体内最咸最苦的液体，那一天，不对，是那一个月，我不知道人在失恋的时候为什么会难受，我的体会是那时你觉得他的离开，就好像一整个世界的离开。其实几个月以后你再看这个事件，他还存在于这个地球上，你也存在于这个地球上，其实是没有真正意义上的离开。你相信吗？一旦一个男人和一个女人发生关系，他们就永远分不开了。我说的不是身体上或者生活上的分开，我指的是灵魂上的。正因为如此，人际关系链其实产生于性。

当时的我却不理解这些，所以我用了一整年去逃离整个事件。我每天浑身无力，一停下来就想流泪，很多年没有那样的感觉，仿佛世界上所有的事情都与我无关，不想化妆，每天邋遢，不想吃饭，渐渐消瘦。

我该怎么办？最美好的东西是记忆，最残酷的东西仍然是记忆。如果在这个世界上存在两座城市就好了，一座叫做记忆城市，一座叫做失忆城市。人们往返于这两座城市之间。没有人哭，没有人笑。而我当时就想住在失忆城市里。即使是他走过来，微笑地看着我，我也只会眼神黯然地对他说：“请问我们认识吗?”可是，这样一座城市在哪里呢?

我不甘心，每天坐在电脑前在自己的博客里敲打着汉字。我在博客里这样写着：

我抚摩着我的腹部，总觉得里面有个小丑。小心翼翼地抚摩，白天抚摩，晚上抚摩。

你是我的孩子，你是我的小丑。

不知道为什么这段时间一直想作呕，是因为你一直在我的大脑中扭捏，在我的腹中作态。

你是我的宠物，你是我的小丑。

地下的音乐离我越来越近，听你讲述着平均率，哼着并不优美的调调。

回想着你讲述的关于你的哗众取宠，你的理想与现实。

其实你天生就是一个小丑，一个有才华和野心的小丑。

我中邪似的在键盘上敲打着他的名字，在百度栏里鬼使神差地敲打着他的名字，点击搜索，出来的关于他的信息还真不少，东京设计展，北京设计展，伦敦设计展……

“当我的手指触碰到他的衣角的时候，我知道我抓住了幸福，而他的名字叫莫毅。”当这段文字映入我的眼帘时，我顺势点击进去，这是个个人博客，黑色的底色，贴着一个女孩的照片，照片被PS处理得模糊却突兀，怎么都看不清她的脸。我直接点击进了她的文章，阅读着她的文字，1.85米，设计师，高大帅气，我知道这一定是同一个人。女孩在文字里写他们如何认识，如何上床。她说自己叫马格丽特，第一次以后她流了很多血，而他被这鲜红的东西吓跑了，消失得无影无踪。那年她只有15岁。她说这是她的幸福，写到最后她开始破口大骂，她说，你以为你上了20多个女人很了不起吗？

看完了她的博客，我的大脑神经似乎在一时间发生错乱，这是一件令人发指的事情。女孩今年17岁，正准备考戏剧学院，她爱听地下音乐，她叫维安娜。这个夜晚我仿佛进入另一个世界，当我进入这个世界时发现，我的整个心已被四分五裂了。每个女人都会有自己的选择和心境，当我们觉得我们可以承受得起的时候，我们是那么地向往并以为自己会很轻松，其实我们什么也承受不了。生活本身就是毒品。我不会使用维安娜那样隐晦的语言，我有自己的语言，虽然我们品尝过同一种“毒品”。

而莫毅，他像一个未成形就降临世间的孩子，聪明得不健全，才华得很浮躁。他是一个巨大的吸血鬼，他缺少太多的爱，所有的人给他所有的爱都是不够的。我突然觉得自己飘忽起来，飘忽在上与下之间，飘忽在天堂与地狱之间。看着他浮华而空洞的表演，看着他一个人时而雅、时而俗的表演。其实上帝也恶俗。

我把维安娜的博客地址添加到好友中，时常关注。她在文章里写道，她的一个最好的异性朋友要出国读书，不知道何年何月回来。临行前，维安娜送给他一叠自己的照片，对他说，想我的时候就看看照片。而杜拉斯在《物质生活》里说，照片是用来遗忘的，照片可以起到减少精神痛苦的作用。我很能理解这个观点，当人没有了，照片是一种寄托。当照片没有了，影像会在人的大脑里变得格外清晰，逐渐转化成一种潜意识里的折磨。终于，我忍不住给她留言，约她出来见面。

维安娜身材娇小，一头乌黑长发，干瘦的脸上一双大眼睛因为戴上黑色美瞳显得突兀而清澈，却没有任何神采。她化着很浓的妆，似乎想掩盖什么，穿着黑色的庞克式服装，一种非主流的气息直逼着我。她看见我便开怀大笑，大口地吐着烟圈，大嗓门地说些天外来客式的语言。她拉着我去小歌房 K 歌，因为那里有她另一个姐妹，这个姐妹和她年纪相仿，身材也相似，同样的娇小瘦弱，却已经有了早熟的姿态。她俩抓着麦克风，疯狂地扭动着身体，大声地呻吟，那是我前所未见的 K 歌。

维安娜对我嚷嚷着：“她叫李孜孜，我把她介绍给了莫毅。”接着李孜孜露出勾人的眼神，摆出一副风骚的姿态，用走调的声音唱着：“他的床上功夫不错。”我看着这两个小丫头，感觉自己走到了另一个时空，她们离我的生活相去甚远。我的视线和意识开始模糊。我似乎看到在某个阴暗的角落居住着一群非主流人群，他们穿着黑色的衣服，脸上的妆浓重而又怪异。他们常年不见太阳，不是他们见不到，而是他们不愿意去见。终于有一天，他们所有的人都从阴暗的角落走出来，阳光刺射到他们身上。他们每个人都发出厌恶的叫声。他们承受不了阳光，阳光像一把利器一样灼伤着他们。

走的时候，维安娜凑到我的耳边说：“你知道吗？他上了20多个女人，可能有艾滋病，不过我们也玩弄了20多个男人，也许我们也有。”说完，她们俩拉着手蹦蹦跳跳渐行渐远，直到被黑夜吞没。而此刻我的头脑嗡鸣，这两个小恶魔让我几乎疯掉。“艾滋病”这几个字出现在玩笑里的几率远远大于现实，而我也从来没有想过它究竟意味着什么，我忘记自己是怎么回的家，只记得回家后的几个星期里，我每天在网络上搜索有关艾滋病的症状和后果，以及网络上人群的痛苦遭遇。我的脖子上长了两个大包，是淋巴发炎，干咳，盗汗，这些症状我似乎也有。我几乎要绝望了，那一个月里我几乎是行尸走肉，每天放学躲在公交车的最后一排莫名地掉眼泪。

我几乎看到嘲笑我的人潮：“谁叫你下贱，还没了解清楚就跟人家上床？”是的，我也许只能活十年了。

# 获得重生

人体和水一样，是有过滤功能的；人体和肥皂一样，是有自洁功能的。人的灵魂和肉体是分离的。即使肉体受到玷污和威胁，灵魂也高高在上。这个世界上没有谁能够真正看清谁，如果你觉得你看清了，一生平淡无奇地过完了，那只能说明你幸运。我们可以了解一切，可以控制一切，而我们唯独不能了解和控制的就是和我们一样的生物体“人”。因为老公外遇而染上艾滋病的人你能说她瞎眼吗？你能说她下贱吗？认识几秒钟就上床的人，你说女方下贱，男方就不下贱吗？扼杀女人的欲望就像阉割男人一样，是不人道的。而女人痛苦的根源是上帝在造人的时候让女人的阴道连着心脏，而我们要做的就是用社会阅历，用冷漠和成熟将它们割开。

但是无论如何，你都无法体会那种感觉，你觉得自己 80% 可能染上了艾滋病，你每天都会想着自己只能在这个世界上活十年，你还会想十年后白发人送黑发人的情景。我每天上网唯一要做的事情就是浏览那些艾滋病患者的故事。我在网上看着艾滋病人的忏悔录：“这一个多月不知道怎么过来的，整天浑浑噩噩，感觉就像泡在水里一样，那种窒息的感觉，真的是不知道怎么形容。我经常一个人坐在家里，把所有的窗户都打开，把衬衣扣子解开，还是感觉闷。经常眼睛直勾勾地望着天花板就是半天，电话一律不接。接了也说不出话，整个人就是一具行尸走肉。出去见人，还得硬从脸上挤笑容，生怕别人看出点什么。莫名其妙地感觉，周围的人都在躲我，都在议论我。整天戴着面具上班，真的快撑不下去了。前天我又去医院拿了检测报告，还是阳。我已经记不清楚医生说的什么了，也不清楚怎么走出来的，只记得一屁股坐回车里的时候，整个人都瘫了，要不是惦记着老婆父母，真想一头冲到海里去。我彻底被击垮了，我得了艾滋病！我会死！现在我还是不明白，自己究竟怎么得上这个病的。我知道什么是艾滋病，怎么预防艾滋病。我真不明白为什么啊，为什么会是这样，为什么会落到我头上。现在再追究原因真的已经没意义了，全没了，事业，家庭，理想，情爱，一切的一切全没了。这个事情目前只有几个我特别好的朋友知道，他们现在也不知道怎么办，我感觉他们好像也在躲着我。"

看了艾滋病人的忏悔录，我心如刀绞。我知道视觉上的刺激直接深入到我的心脏，加重了我心理上的病情。我很想去医院做检查，但是怯于人们尖锐的目光，就这样持续了一个月，每日都是生不如死的活法。直到有一天，我在网络上查到一种测试卡，据说是可以通过血液检测出是否得病。于是我在网上订购了一支，当我填写邮寄地址的时候便不知所措了，寄家里肯定不行，万一母亲签收后打开了怎么办。于是我留了学校的地址，大四下半学期同学们都出去实习了，寝室里的人所剩无几，这样东西就会安全地到达我手上。本以为寝室就剩我一个人的时候，室友欣欣却把行李搬了进来。

“你怎么不回家住啊？现在学校都没课了。”我有点心烦意乱。

“寝室离我实习的单位更近，我每天步行都能到，所以还是住学校方便点。你呢？”没想到她还回问了我。

“我，我亲戚到我家来住几天，我没地方去，就暂住几天学校。”我的舌头开始打结。

后来的几天里我忐忑不安，每天去收纳室问阿姨是否有我的包裹，我尽量掩藏着自己的慌张神色。

终于在第三天，室友欣欣走进寝室说：悠悠，你的包裹，我帮你带回来了。我一把从她手里近乎是抢过来，漫不经心地说了声谢谢。欣欣诧异地看了我一眼走开了。怕室友心生疑惑，我还是决定将它带回家趁母亲不在的时候做测试。测试卡，我此刻无法想象它究竟是天使还是恶魔，只知道它承载着我这样一个微不足道的生命。

两天以后的中午，终于等到母亲去超市了，我开始做我的测试。恐惧不安的心似乎要从心口里跳出来。我自我安慰，“结果有可能不准，没事的”，而此刻我多么希望那是一张测试怀孕的测试卡，因为新的生命的悄悄来临远远比旧的生命等待离开要美好得多。我打开包装盒，用里面的针将自己的手指扎破，我曾想，我的血液因感染了艾滋病是否会变黑？而此刻我看到从我体内流淌出的血液如此之鲜红，倘若上帝在造物造人的时候，让山川河水成为鲜红，而让我们的血液成为绿色会如何？因为我亲眼见过一个流淌着绿色血液的人，他中了魔咒，逃离上帝来到人间。他定期前往血库里捐血，以防自己需要血的那天。我按住手指让更多的鲜血流出，用吸管吸取血液，滴在测试卡上。

在这五分钟里，我思绪万千，我想到了死亡。想到死亡也许比死亡本身更可怕。在六七岁的时候我写过一些关于“死亡”的文字，无意中被父亲看到，他对母亲说这个孩子很怪异。后来还有一次在和母亲的谈话中，又谈到死亡，我再一次想到几十年以后自己会老死或者自然死亡，我不知道自己到哪里去了，我看不到任何东西，我感觉不到这个世界的存在和发展，我害怕，我恐惧。我感慨，我不愿意老死，我不愿意知道自己即将死亡，我情愿死于非命。母亲用奇怪的眼神看着我。

而到了今天，这种测试比自然死亡更痛苦。知道自己死亡时间的人是在与生命抗争，与时间赛跑。而此刻我却如此胆小，仿佛被吓破了胆，无人怜悯。五分钟以后，我去拿测试纸，结果上面呈现的是一条线，阴性。这一刻很奇特，忽然觉得这一切仿佛在我的意料之中，由于之前的精神压力过大，激动和兴奋依旧无法冲破精神压力的防线，在中间的位置停住了。过了些许时间，我觉得一切都不重要了，我的身心开始愉悦，从精神层面上讲这是真正意义上地获得了第二次生命。而人的生命宝贵的原因大约也就在于它的短暂，倘若是千年王八万年龟，也就没觉得时间这么宝贵了。

有什么失恋或者被骗的痛苦能超越你获得重生瞬间的快感呢？当我觉得自己获得新的生命的时候，虽然这比不上那些白血病人更换骨髓或者心脏搭桥的人的重生来得更有现实意义。他们同时在身体和心理上获得了重生，而我仅仅是精神上的。但是此时此刻，我突然一点也不痛恨他，一点也不为自己的遭遇而伤心。这是一个很奇妙的变化过程。

而正当我获得重生的时候，莫毅却再次出现在了我的视野里。这大约是一年以后的事情了。他约我出去走走，我答应了。

“悠悠，你最近过得怎么样？”他的神情在我看来得到了升华。

“很好啊。”我的心态也得到了升华。

“其实我今天约你出来是想告诉你，你真的是一个好女孩。”

“这个我也知道。”我有点不屑。

“我想娶你，你等我好吗？”莫毅抓住我的手继续说。

“我在你的身体上找到了彼岸，这是前所未有的感觉。”他使用了诗意的语言。

而我却使用了诡异的语言，我凑近他的耳朵告诉他：“我得了艾滋病。”

他立刻松开我的手，“这不可能，你是开玩笑的吧?”他像一个小丑摆弄着脸上的各个肌肉和神经，卑微得像埋在他那些荣誉和奖杯下的腐朽的尸体。那是我第一次认识到人，伟大而卑微的结合体。

我有一个女性朋友，她在被一个男人玩弄之后，开始玩弄男人。她跟男人上床后，就再也不去联系对方，即便对方联系她，她也会告诉对方那只是玩玩而已。她记不清自己玩弄了多少个男人。如果说像《四个婚礼和一个葬礼》中凯莉一样能够一一描述自己的情人，还说明她生性浪漫，但是她的快感不在做爱上，而在报复上。

而我做不到，也许我比她更自私，更爱自己。虽然我做不到，但是我却和她一样忧郁、颓废以及迷茫。

那段日子我总是默然地坐在公交车的最后一排，时常想作呕，为自己白天的嘴脸和目睹旁人的嘴脸。大约没有几个人有如我一样的神情，最起码前排座位上的人不会有，每一个脑袋都是那么的立体却又木然，和车窗外飘忽混沌的风景相呼应。我慵懒的肢体，慵懒的意识，被空气抛在公交车的某个角落里。角落是我的归宿，对我而言，这里比家更具有安全感和温馨感。我慢慢地觉得自己很美，从来没有觉得自己是如此的美，因为亵渎而美。

当我们想依靠一样东西得到一种结果的时候，我们就是在亵渎。

亵渎吧，让他们亵渎吧，不亵渎我们就没有依靠，没有依靠我们怎样苟活？

公交车是我思想火花的诞生地，承载着我的各种奇异的想法，以及覆盖在这些奇异想法上的各种神情。眼帘是下垂的，嘴角微微翘起，这翘起的嘴角是为了迎接眼帘赐予它的水珠，水珠不是咸的，我分明感到甜甜的味道。这并不代表着任何意义，只能说明我在新陈代谢，我在用力地新陈代谢。

之后的某天我坐在公交车上，一个陌生女人与我搭讪，她长着一张干净而朴素的脸，穿红色中裤，黑色 T 恤，戴黑框眼镜。她问我户部街到了没？可是这趟车根本不到这个地方。我告诉她坐错了车。她于是接着问我莫愁湖呢？我告诉她如果到莫愁湖那就坐反了方向。她接着问这辆车的终点，我也告诉了她。她是个奇怪的女人，我从她的问话中揣摩不到她要去的目的地，以及她问这些问题的目的。如果说坐错了车或者坐反了车她都应该立即下车更换，可是她却一坐坐到了终点。我怯于遇到奇怪的人，因为我总觉得这是不祥的预兆。这个女人不知道自己要去哪里，或者是哪里都想去，更或者是到哪算哪。

由这个女人我会想到上次在 KTV 见到的两个小女孩。她们像天使，她们又像恶魔。她们飘荡着，忧郁着，歇斯底里着。她们是这个时代一部分人群的代表，生活在主流社会的非主流人群。无论旁人怎样讲述她们，我都会对她们抱以恻隐之心，总觉得她们是我的孩子，是我可怜的早产儿，聪明得不够健全。

每一个人刚生下的时候都是天使和恶魔的结合体，就像我现在越来越觉得美好和丑恶本来就是浑然一体的，就像大脑相连的连体婴儿，一分开就会导致死亡，而分离的美好与丑恶产生于人类意识的偏执。

没所谓爱与不爱，没所谓欺骗与被欺骗。有些事情是我们不愿意去想，即便我们去想了也和没想差不多。就好像通常人们都会找一个最适合结婚的对象来嫁或者娶。当男人们正在一步步地为房子、车子而奋斗并逐渐实现这些的时候，也正是他们在一步步地摒弃爱情。他们反而常常以为这些东西是爱情的资本，其实这些只是婚姻或者得到女人的资本。而女人也一样。

当女人不再相信男人，当男人不再相信爱情……

我只祈求平静的生活。

那段日子里我患有两种病，一种是眼疾，就是一旦泪腺放开闸门，那么就很难关上，而我又是个不爱喝水的姑娘，以至于那段时间我时常怀疑自己会严重脱水，眼泪不停地流，而体内的水分又很难跟上。一个人把你抛弃了就仿佛整个世界把你抛弃，我甚至怀疑，这个世界上没有人愿意和你待很长一段时间，我没有这种能力和魅力，他们大约都只是想和你上床。这就是我的第二个病症，我仿佛得了厌异症，是的，我害怕和男人交流，害怕他们触碰到我的皮肤，害怕他们的搭讪，假如他们那样做了，我都会觉得恶心。这种状态大约持续了一年。

从某种意义上来说，我们都是死于某一个时期，然后我们又获得了重生。

生活过得太现实，我们都没有了追求；

生活过得太惬意，我们都是寄生虫；

痛苦的文字里流露出的其实归总为一句话就是：我们的付出没有得到回报。

我们付出了，我们所得到的和我们预期的不一样。

可是，为什么就一定要得到回报呢？

付出是一种信仰！

要的只是一个过程！

当生命获得重生的时候，我的生活里多了一群

病孩子……

# 恋脚癖

大四时，我在当地一家广告公司实习，后来转正成为正式员工，公司副总明明是色狼却常常喜欢扮成灰太狼，而他麾下一批喜羊羊们在我看来也是乔装打扮成的。自我进公司的第一天起，副总便开始对我硬攻软磨，让我工作起来很不顺心。

由于工作和精神上的双重压力，我每天都是浑浑噩噩的，结果在工作时把一个报告的数字写错了，副总找我谈话。走进副总办公室，他一副人模人样的严肃表情，仿佛在告诉我，老狼很生气，后果很严重。

“有人想竞争你这个岗位你知道吗?”副总的语调抑扬顿挫，语气咄咄逼人。

我的内心莫名紧张，愣头愣脑地摇了摇头。第一份工作于我而言还是有着很重要的意义的。

接着他一副得意模样：“公司要裁员，你们部门要裁一个人，原则上是裁业务代表，但是好几个业务代表想调换到你的岗位，所以我们还在考虑中……”

人说情场得意，职场失意。可是轮到我这里，就是情场、职场一起失意。

下班的时候，副总在 MSN 上跟我说晚上一起吃饭，我答应了。不入虎穴，焉得虎子。与其说和他吃饭是为了保住自己的饭碗，还不如说我更想知道他葫芦里卖的是什么药。我从来都不怀疑自己的工作能力，即便是被炒鱿鱼，也并非说明你不优秀。这就和让爱因斯坦去参加 110 米跨栏和让刘翔去研究相对论是一个道理。只要你有信念和目标，失败的只是你没有找到一个你真正适合的职业。当所有人都不认同你的时候，也不一定就是你错了。

副总带我到珠江路的西堤牛排吃饭，这是个西餐厅，装修精致简洁。看来这里是用来营造情调的地方，只可惜调情的对象错了。

我和副总相对而坐。通常情况下我应该是唯唯诺诺地对他说：只要你能帮助我保住饭碗，我就对你唯命是从。不过通常情况下也是当你唯命是从以后，你也未必能保住我的饭碗。我看着他的双眸放射出邪恶、愚蠢和低俗的光芒，我有些愤怒，但是这种愤怒我还得抑制住。

他问我：“想找什么样的男朋友？”

不是谈我的工作问题吗？难道是打算丢我的饭碗，送个“饭桶”给我作为补偿，我心里这样想着。

我说："随缘吧。也没什么标准。"

他说："看我这样的行不行？"

我说："您太优秀了啊。"

我也不知道我这句虚伪的话是怎么脱口而出的。

"是你太优秀了，眼光太高了吧？"这句老套的话不知道已经在我耳边回响了多少次。后面的时间里，他一直给我谈他的爱情观，还说他要马上换奔驰了，还说了些什么，我心不在焉，已经不记得了。

他打车把我送回家，在伪装了最后一次带着微笑的"拜拜"后，我卸下自己的面具，爬着自家的楼梯，觉得很累很累。有时候觉得工作很累并不是工作本身累，假如工作是一个躯体，就是围绕工作周围的赘肉让人觉得疲劳且恶心，周旋和伪装让人觉得精神极度疲劳。有时候想想真的很期望生活在所谓的桃花源或者乌托邦里，甚至活在母体里，那种单纯的空洞让人觉得舒服。我梳洗后躺下便睡着了，睡得跟个死猪一样。因为我知道明天又是新的一天，我还得去周旋于新的人，伪装新的内容。

我常常想能在伪装里获得快乐的人可能才是生活的智者吧。可是谁又能完全做到呢？要么越来越虚伪，带上的面具揭不下来了；要么越来越厌恶和憎恨自己。人生下来就是一个傻瓜也许是最幸福的事情，痛苦太多要么是因为欲望太多，要么是因为认识太清晰，再者就是还没修炼到一定的境界吧。而人出生时就是带着欲望来的，就连所谓看破红尘的出家都是带着欲望去的，他们欲望的是来世。我时常想倘若有一天我的认知变得太清晰，开始对世界失望的时候，不去选择自杀的最好办法就是把自己弄成一个傻子。其实这两种态度都是回避人生，回避痛苦。但是前者会遭人唾弃，而且有点太不负责任，过于自私的做法；而后者要好很多。莫非尼采曾经就有这样的想法？

这几天，副总每天中午请我吃饭，坐在他的车上，他总会毛手毛脚地抓住我的手。还好抓手对我来说无关痛痒，抓就抓吧，可是人是会得寸进尺的，这个我事后才明白。因为那天中午吃饭，两个人本该面对面坐，他却莫名其妙地坐到我旁边，殷勤地为我夹菜。他基本上不吃，我猜想他已经躲在办公室里吃过一餐了，现在是专程跑来吃豆腐的。

他边说着就抓住我的手，我说你老人家说是来和人家共进午餐，却抓住人家的手，莫非是要看人家用拱槽的方式进餐吗？我挣脱开双手，便猛吃起来，生怕他再次抓住我的手让我无法就餐。每每在这个时候我才深刻地理解到惜时如金的真谛。接下来，他没有使用咸猪手，而是直接把脸凑过来噘起那张布满油脂的嘴，此时我是否该举起一袋洗衣粉对他说“请用汰渍”呢？结果我却是差点没吐出来，只好用委婉的方式回避着。你无法对他大发雷霆，因为你可以怒吼我辞职不干了，但是到了另一家公司难免重蹈覆辙。

生为美女是一件很痛苦的事，红颜女子多薄命大约也是这样一个道理，因为需要周旋，周旋于男人的骚扰，周旋于女人的妒忌。这样一来就会死掉很多的脑细胞。公司的流言飞语也随之产生。不过据说在我来公司之前，那个对我岗位垂涎三尺的女业务员和副总走得特别近，还经常一起出差。然而经我多方打听，发现说我跟老总有一腿的正是那个女业务员。其他的员工似乎在看鹬蚌相争。而我一点也不想继续这场争斗，甚至可以说我一大学毕业生，根本不会为失去了这份工作而悲观泄气，寻死觅活。即使丢了这份工作，我也完全可以找到其他的工作。但是正因为这个女人的出现，我变得执拗起来。她继续在公司里传播绯闻，却把自己的腿乃至狐狸尾巴包裹得很严实，生怕遗漏痕迹。为了遮盖自己的丑行，为了她可怜的饭碗，她就暗地里活生生地把自己的绯闻慷慨解囊送给了我。

其实在失恋的那段时间里，除了应付工作，我犹如行尸走肉。之后我依然要和副总周旋，他有时会在 MSN 上骚扰我。就比如这天，我正在做一个新的活动案子，MSN 就跳了出来：案子做得怎么样了？

在你正在做案子的情况下，看到领导的询问，不会觉得他是在关心你，而是无形地滋生出了巨大的压力。正常情况下，领导安排了工作，只要在规定时间内看到工作结果就可以了。明明第二天才提交的案子，副总却一大早上就询问我，让我情绪紧张。

YOYO：正在做呢。

Kevin：有没有什么困难？

YOYO：暂时还没有。

Kevin：这个案子你一定要做好，这次再出现纰漏，我都没法帮你了。

副总这话说得好像是因为他一直在帮我，我才留在公司似的。我心情更加焦虑，对自己也越来越没有自信。现在想来，很多公司的老板对待应届毕业生经常使用打压这一招。打压一来可以克扣员工工资待遇；二来可以逼人就范。尤其是刚刚毕业的美女大学生们，更容易落入他们的圈套，有很多女生抵抗诱惑的能力是不错的，但是抗压能力就不敢恭维了。没有死在阳光道上，反而在阴沟里翻船。对于金钱在女人身上的使用，真正可怕的不是拿物质诱惑你，而是先无私地对你付出，再威胁剥夺你所拥有的，继而提出很小的条件，你一旦答应，条件一个比一个厉害，直到你陷入万丈深渊。不过在当今社会，如果仅仅是为了身体上的满足，没有人会这么地费尽心思，因为像我们公司女业务员这样自动献身的女人太多了。关键问题在于欲望是不断扩张的，其中包括征服欲，这样就害苦了那些正直、漂亮、单纯、善良的女人，她们在踏入社会之初时往往内心是最无助痛苦的。

看到副总一而再，再而三地给我压力，我当时连杀他的心都有。我没有理会他，本以为在 MSN 上的谈话就这样结束了。谁知道一个小时以后，MSN 又弹了出来。

Kevin：明天把案子做完，晚上一起吃饭。

看样子明天晚上又逃不掉了，我无奈地摇摇头。

YOYO：好。

Kevin：你爱穿丝袜吗？

这句话问得我犹如丈二和尚摸不着头脑，因为在写案子没有多想，直接回复：有时吧。

Kevin：你的腿很好看，应该发扬自己的优势啊，可以多穿穿丝袜，显腿形。

YOYO：谢谢您。

Kevin：明天就穿吧。

我始终觉得有些不对劲，但是却说不上来。

YOYO：好。

第二天下班，副总在 MSN 上给我留言说，等员工都走了再走，我也只得下班后在网络上搜索新闻看看。同事们问我怎么还不走，我打着工作还没做完的幌子，朝他们笑笑。我知道自己的这种笑容就仿佛各大卫视里播放的热门连续剧里的表情一样假，既要让观众们一目了然，又要让对方没有察觉。而在生活这部戏里，我想观众应该是上帝。

等到员工走完以后，办公室里只剩下我和副总两个人。这个时候的我总是有些尴尬的。副总推开他办公室的门，向我的座位走来，我立刻站起来先开了口：“我收拾好了，走吧。”径直朝大门方向走。见到此情此景，副总只能修正了他的路线，尾随我出了大门。

电梯里的时间比我想象得漫长得多。上了副总的车，他把我带到一家日本料理吃日餐。走进餐厅，副总说位置已经定好了，服务员查了查信息，就把我们带进了包房。

“还有人要来吗？”我疑惑地问副总。

“就我们俩啊，你还想谁来？”副总坏笑着。

“那为何定这么大的包房呢？”我有点诚惶诚恐。

“只剩下这么大的包房了。”他随口答道。

被服务员带到包房前，脱掉鞋子，走进榻榻米。

副总一直盯着我的腿看，对我说：“你特别适合穿丝袜，你的腿穿丝袜特别性感。”

我内心对于他这样的赞赏却十分反感，没有做出任何回应。等菜上齐后，副总跟服务员说了句“把门关上”。他这么一说我紧张起来，心里暗想，他不会在这里对我非礼吧？再怎么说这也是公共场合，还不至于吧。我只顾自己吃着，内心紧张万分。副总吃了几口便把头侧过来对我说：“你穿的什么颜色的丝袜？”

我头也没抬地答道：“黑色。”

“哪里是黑色，明明是咖啡色。”他继续说道。

我笑了起来："哪有人会穿咖啡色的丝袜，那不是很搞笑吗？"

"明明就是，你把脚抬起来我看看是什么颜色。"

为了证明丝袜的颜色，我把腿从榻榻米的下面挪到上面，也就是身体的侧面，这个姿势非常不好受，正准备把腿还原到先前的姿势，副总一把抓住我的脚，说道："你就这样吃吧，让我看看究竟什么颜色，难道我色盲了吗？"

色盲和色狼的最大差别就是色狼会把自己当色盲看，色盲不会把自己当色狼看。我继续吃着饭，然而副总自从吃了那两口以后，就再没有进食。因为他开始把我的脚挪到他的嘴边，看着我的脚，仿佛眼前的美食全部变成了残羹一样。继而贴近鼻子，嗅了嗅，陶醉其中。接着用嘴开始亲吻。这一举动让我大为震惊，这样闻脚，他能吃得了饭吗？我看他看我脚的眼神十分暧昧，仿佛那是他多年未见的初恋情人。

回家的路上，我一想起这一幕就起了一身鸡皮疙瘩。正在我浑身难受的时候，我收到了副总猥亵的短信：你能每次吃饭都穿丝袜吗？

当副总继续在工作中刁难我的时候，我做出了一个相当伟大并且让自己佩服的举动：把一叠文件砸向了他的脑袋，并把一纸辞职信扔到了他的怀里。本以为自己会为失去工作而伤心，内心的感受却恰恰相反，一种如释重负，卸下面具的感觉。接下来，我需要做的是继续找工作，虽然我内心里知道去另外的公司也许依然避免不了性骚扰和潜规则，但是我还是对明天抱有一丝希望，我总是如此乐观地面对这个世界，面对我的未来。

离职不禁让我觉得这是个让人憋屈的地方，连带这个城市都有时让我趋于窒息，于是我和母亲拿着行李走掉了。我们一路向北，直至首都。在从南京开往北京的火车上，我和母亲似乎都在抛弃着过去的一切。想起这些，我不禁抬起头仰望火车顶，因为这样才不会让眼泪流出来。

城市与人的关系就好像母体与幼婴的关系。城市是一个巨大的子宫，把人们包裹得紧紧的。而出生无论对于母亲还是幼婴都是艰难的。我和母亲提着四个箱子挣扎出了子宫，来到另外一个陌生的城市，没有亲戚，没有同学，没有朋友。这就仿佛第二次出生。

如果你爱自己，送自己去北京；如果你恨自己，送自己去北京。

# 限量版男人

人和人之间都是过客属性的。我总觉得人和人之间要保持距离，这是应该的。如果人和人天生应该靠得很近，那么上帝一定会允许连体人存在于这个世界上。太近了，你会发现他有口臭、狐臭或者其他的什么。

所以当他试图离我很近的时候，我就会厌恶。我的职业生涯的发展或多或少和我的外形相貌有着一定的关系，但我把相貌外形也归为实力的一种。所以，我依然是靠我的实力在吃饭。是的，我是一个漂亮的女人，拥有较好外貌的人比拥有较差外貌的人拥有更多的本质上的自由，这只是我唯心主义的理解。正因为这种自由，也会饱尝人间更多的滋味。

“你好，我叫梅悠。”面试的开场白就和白开水一样平淡无味。

面试的男人盯着我看，我只要直视男人的眼睛，就可以穿过他的喉咙，直通心脏。这是我来北京的第二个面试，两个面试都比较顺利，现在只等着通知。

电话适时响起。

“你好，我是信息产业会展中心的张帅，今天面试对你的印象不错，下周来公司复试，希望你能表现得更好一些。”

“谢谢你。”我有些客套，却分明感觉到他迫切希望我能进他们单位。这是老天为我安排的一条路，即便我不爱这份工作。不好意思，我不知道这个世界上有多少人真正地爱着自己的工作。不过我需要这份工作，我要在北京待下去，我需要付房租。我祷告上天，我感谢父母赐予我较好的外形。而我唯一担心的就是再次遭遇性骚扰。

这是一家事业单位，而我和这里的文化氛围格格不入。张帅是人事科的科长，长得黝黑健硕，可我自始至终觉得自己对他没有丝毫的心动。有时候你想去喜欢某个人，可是你的内心不答应，你的心如一潭死水，波澜不兴。所以，面对一再的暗示，我尽量用不伤害对方的言语去伤害对方。

在这家死气沉沉的单位干了两个星期，每天如坐针毡，但我又不敢时常起身，因为我感觉我的一举一动都会引来不少目光。所以我就尽量少喝水，减少上厕所的次数。坐的时间长了，我的肚子开始疼痛。只有张帅每次过来和我调侃几句来化解我的尴尬。就这样一个多月过去了，我和单位同事们的熟悉程度有那么一点进展。

“梅悠，到会议室来一下。”他用的是那种很严很领导的口吻。

我们面对面坐下，他说话之前总是会把双手合拢放在胸前，看着有点像妇联的干部，脸上的表情一本正经，抿了抿嘴说：“你在公司表现不太好，领导总跟我提出对你的质疑。”

我很平静地瞅着他那张年轻老成的脸一言不发。

“看看你每天都不穿正装，妆也化得太浓。如果不是我一直在袒护你，恐怕你过不了试用期，自己要当心点了。”

这小子，几分钟前还在 MSN 上问我什么时候嫁给他。而他的这种小伎俩我早已受用过。

索性我来了一个大反差，我开始不修边幅，每天一点妆都不化，鼻梁上架一副黑框眼镜用来审视公司的老古董们。此后有那么一段时间，公司的女性们都开始戴眼镜。莫非就连这样我也可以带起一股时尚潮流吗？

再看看一年后，经历了张帅的屡次谈话后，我还在公司上班，不但没有刻意地去小心，最有趣的是在我“润物细无声”的作用下，公司的女员工都不再穿正装了。

正装本身其实漂亮，但是当有人让你一年四季都穿正装的时候，那无疑是对女性美的一种残害。我们有几个 23、24 岁？只有一个，所以要用 365 个不同的每天去装扮。我是这样一个叛逆的人，在不得不服从的规章制度、道德礼仪下重复着我的叛逆。

每天下班的生活就是窝在我的小窝里看小说，看电影，写东西。看着诸多的流行小说，看多了我越来越反感这些小说。大同小异，没有新异，看到开头我就知道结尾，就仿佛在夜店遇到的绝色美女，上床后第二天觉得索然无味。于是我开始去看国外的一些小说和电影，看了国内外的东西，对比之，我仅仅觉得欧美的东西稍微真实和生动那么一点点，所以我喜欢。这当然不是说我就不喜欢国内的文字和作品，例如王小波的思想我也就比较苟同。

周振羽一直说我小资，我觉得我不喜欢小资。小资有很多不真实的东西在里面，凭什么喜欢去星巴克的人就一定要喜欢《挪威的森林》，凭什么喝南山咖啡一定要在周末午后，沐浴在阳光下？情调这种东西有时候很虚很浮华，少了些许真实和自由。我不小资，我看文艺片，看美剧，音乐剧，泡吧，穿自己喜欢的名牌，但我也租房子，坐公汽坐地铁。我去路边吃麻辣汤，因为好吃且便宜。

张帅是个你大约一生中只能遇到一次的那种人，因为他太有特点了，丢在人群里你一眼就能把他找到，这种说法并非仅仅指他的外形。记得那次他搬新家，为了庆祝乔迁之喜，我们一群同事一同前往他家做饭为他庆祝。他省吃俭用，东拼西凑地在朝阳公园泛海国际买了一小两居，家里装修得格外精致，粉红色的墙纸，紫红色的牛皮沙发，卧室里摆着各种各样的 HELLO KITTY，看着这样的装修风格你甚至会怀疑房主的性别，同事打趣地说：“你装修成这种风格是专门用来勾引小白兔的吧？”张帅疑惑地问：“什么是小白兔？”于是同事让张帅用“我”，“老虎”，“小白兔”造句，张帅想了足足10分钟说：“我带着一只小白兔和一只大老虎去电影院看电影。”同事顿时笑得前翻后仰。告诉张帅小白兔是情人，老虎是老婆。如果他真能让小白兔和老虎坐在一起看电影，那么他也算得上是个顶级牛×的男人了。

我瞅了瞅这房间，用一种最不礼貌的方式把他从下瞅到上。而在最后一眼动作完成前，我完全后悔了。因为他居然以为我看到他的房子便对他动了心，这一点我是怎么发现的呢？我在厨房准备下厨做我拿手的啤酒鸭，他却游说我搬到他家来住。当我开始动手做菜的时候才发现张帅把鸭买成了鸡。为了在当天能吃到我亲手为他制作的啤酒鸭，他二话没说，就开车去附近超市买鸭。我们几个同事便在他家聊起天来。直到有人大叫肚子饿了时，我们才发现他这一去便是两个小时。我们都猜想他是不是跑到五环以外去了。等他回来时已经是下午2点，我用油锅上蚂蚁般的情绪做成一道油锅上的鸭。吃饭时，张帅给我们讲述他的买鸭经历，他开车到超市，居然没有停车位，隔壁小区的停车费太贵，他索性把车开到一公里以外的免费停车小区，自己徒步去超市，看见隔壁卖鸡蛋的地方排着长队，于是过去打听，据说今天特价，他也连忙跟着排队，排队的过程当中又和排在前面的大爷闲聊起来。大爷说过几天牛奶、酸奶要涨价，他排了半个小时的队买了两斤鸡蛋，又赶紧和大家抢牛奶。抢完以后发现鸭卖完了要等下一波。终于买到鸭了，他提着食物往停车的地方走，一小孩和玩伴嬉闹向他这边冲过来，他躲闪不及，把鸡蛋磕在人家脑门上，鸡蛋碎了几个不说，还惹来小孩一阵号啕大哭，人家父母闻声赶来，他给小孩父母解释半天，才得以脱身。听完他这一番讲述，我差点给了自己一嘴巴，为什么这么多人偏偏让他去买鸭呢？

酒足饭饱以后，大家闲得无聊，一波人玩杀人，一波人打麻将。所有玩杀人的朋友都开始极力建议张帅打麻将，说是乔迁之喜，火气好，一定能赢，看着大家如此的异口同声，我猛生疑惑，问身旁的洋洋。洋洋说，每次玩杀人，他都是第一个被杀，要么就是第一个出局。我问，为何？她说，假如我们不杀他，他指定能唠叨一个小时。我们这边杀完两轮以后，麻将桌那边传来了呼噜声，我瞅着张帅在那边仔细地研究着他的牌，一张牌在他手上捏出汗来。其中一个同事不耐烦地发着短信，还有一个更绝，干脆打起呼噜来，再一个就在这边不停地催促：“你出牌倒是快点好不好？”“马上，马上。”他一面拿起一张牌，眼见他要扔出去，立马又把手收了回来，把牌放回原处，又拿起另一张牌，歪着脑袋，思索一番，又捏捏下巴。我暗想你怎么不把你那下巴捏下来呀。

临走时，同事们由衷地感叹道：“幸好他只搬了这么一次家。”一阵苦笑伴随着电梯上下楼的机械声，大家各回各家。而我的苦笑还没结束，张帅电话过来了，开始意犹未尽地和我聊天。

“干脆你搬到我家来住吧。就和你妈说你租了个离单位近的地方，免得每天路上堵车迟到，扣的工资比房租还贵。我也就不收你房租了，你每天给我做做清洁就可以了，我还可以当你的免费司机……”

我把手机开着，放到包里。过了10分钟以后，拿起手机发现他还在讲。

于是便使出绝招，“喂，喂？怎么不说话啊？”“啪”的一声挂断了手机。

# 圈里的雄性

来北京认识的朋友不太多，尤其是同性朋友。同事叫我去酒吧玩，我欣然应邀。酒吧是我生活中不可缺少的一部分。我喜欢跳舞，尤其是爵士。黑暗，灯光，酒精，舞蹈，甚至掺杂着一些欲望，让人有节奏地卸下所有的包袱和压力。其实眩晕也是一种生活方式，有的人依赖酒精，而我则依赖跳舞，跳到眩晕，整个人仿佛被抽空了的一种眩晕。在那样一种状态里人可以说是死亡的。

洋洋叫来了她的朋友，据说是一位演员，演过不少电视剧。公司的色男们一听此言几乎快要流哈喇子，围着洋洋问长问短。演员在我的概念里是很嚣张和开放的，所以并未对此人产生好感。在众人追寻的目光中，洋洋的朋友粉墨登场。她长得高挑清瘦，穿着一件 APE 的长袖 T 恤，一条牛仔中裤，一顶鸭舌帽衬托出她甜美的相貌，而这些并未让我对她生出几分妒忌。我们在舞池里跳舞，当所有人都疲惫地回到座位上时，只有我们两个还意犹未尽，她凑到我的耳边对我说："宝贝，你的舞跳得真好看。"我们回到座位端着酒杯聊着，我发现她和我是同一类人，今朝有酒今朝醉，我们聊爵士舞，聊法国电影，聊《两小无猜》、《天使爱美丽》，聊音乐剧《猫》、《大河之舞》，聊奢侈品，聊香港购物，聊男人。她叫孔灵，皮肤白皙，眼如其名，那是一双美丽且空灵的眸子，别说男人，作为女人的我都会过目不忘。我爱这双眸子，她说起话来娇滴滴的，让人有种保护的冲动。她温柔善良，简单直爽。此后，我们熟悉起来，经常一起去酒吧喝酒，一起去看话剧，一起购物，一起聊男人。

我的小说已经完成了五分之一的时候，孔灵打电话给我。

“亲爱的，今天晚上有时间吗？”

“没啥事，你有什么好建议吗？”

“晚上我们剧组有个聚会，你也来吧。”

“干嘛？要给我介绍帅哥吗？本小姐对帅哥不感兴趣哦。”

“没有别的原因，我想你了。别闷在家里了，来吧。”孔灵的温柔腔调是很具有杀伤力的。

我喜欢社交，去不同的圈子，去结交不同圈子的同一类人，在这些人群中寻找那些不一样的人，虽然我总是失望而归，但是我还是一如既往地寻找。

晚上7点我打车来到工体糖果，晚上的工体掺和着各种各样的味道，酒精味，香水味，发蜡味，汽油味。一辆辆的高档轿车耀武扬威地霸占着路边的地盘，倘若汽车会开口说话，那么它们一定在攀比着、炫富着。我打车来到工体，就像一个没有身份的玩家，被豪车鄙视着，我却悠然自得。推门进去眼前一片茫然，只见孔灵朝我挥手，我才找到了方位。我看到了一两个熟悉的演员，看到他们本人，让我或多或少有些失望。他们虽然精致漂亮，却都比镜头上要娇小很多。而我认为娇小的美只适合银幕，并非适合大众的审美眼光。孔灵招呼我坐下，我们俩端着酒杯开始闲聊。

“你说你们演员的脸怎么就这么小呢?”

“打瘦脸针啊，基本上每个演员都打瘦脸针，骨架大的就去磨骨。我也打过瘦脸针，不打不行，脸越小越上镜啊。”

“真的这么有效?”

“亲爱的，做演员很辛苦的。这东西对人身体不好，没事谁会去打。其实演员是一种摧残身体的职业。打针，整容，丰胸，哪一项不痛苦？为了保持身材不能随心所欲地吃，拍戏忙起来每天凌晨3点起床，有时甚至一整夜不睡。”孔灵的语气从劝说转换到抱怨。

“是啊，人们看到的只是出名了，风光了，不知道这背后的付出。”

我喝了口啤酒，继续问她：“有没有考虑拍电影啊?”

她说：“看吧。我在事业上没有太大的野心，我更渴望好好享受生活，享受亲情，享受爱情。”我看着孔灵，觉得自己越来越喜欢她了。我们大约都属于电影《死亡诗社》里“及时行乐”的人，我们俩不约而同地喜欢这部电影。孔灵说倘若要我去为某个角色做出牺牲或者接受潜规则，首先这个本子我得喜欢，另外这个角色我也得喜欢，另外这个叫我潜规则的人我还得喜欢。

“老大，您那能叫潜规则吗？您都喜欢别人了，那应该叫爱情吧！”我哈哈大笑。

而孔灵却做出一副楚楚可怜的样子说：“此事古难全啊！”

“圈子里面的演员不会都跟你这样自我清高吧？”我继续问着。

“那是当然，这个圈子，以前是对方提要求潜规则，现在是演员们自己送上门潜规则呢。”

女人们聊天如果不聊到男人和爱情的，那一定是同性恋，我们不是，所以我们不例外地聊到了感情话题。

我问孔灵：“为什么有一些女人她们再怎么失恋，再怎么被抛弃，都不会伤心，都没什么感觉？”

孔灵说：“这样的女人我也遇到过，她们是想得开的一群，而我们是投入的一群。”

我疑惑地看着她：“可是上帝造人的时候为什么要造投入的一群呢？有意让她们伤心，隐忍，痛苦，忧郁吗？”

孔灵说：“你知道歌手张娜出家的事情吗？”

“我知道，我爸爸很喜欢她的歌，她可真是实力派的啊。”

“是啊，她的声音前无古人，可是却为了一个男人看破红尘，步人空门。有很多人说她这样不值得，而我却不这样认为。倘若她是一个什么都看得开的女人，她唱歌能投入如此真切的感情吗？能让人过耳难忘吗？”孔灵振振有词。

我若有所思，似乎明白了一些东西：“这个世界有两种人，看得开的人和投入的人，前者是为生活而生，后者是为艺术而生。”

“亲爱的，你真行，我发现你特会归纳总结，你这一总结，感觉跟哲理似的。”

我和孔灵聊得正尽兴，一位男士走过来和孔灵打招呼，孔灵招呼以后给我们互相介绍。他身材挺拔，外形俊朗，很像台湾偶像剧里的帅哥，但不是我喜欢的类型。我多半不用视觉去欣赏男人，而是通过嗅觉和听觉去欣赏男人。既然不感兴趣，所以我也就格外自然地与他攀谈。他叫夏风，沈阳人。他说他去南京拍过戏。于是我们聊得更加带劲，南京的景点，南京的小吃，他说下次去南京让我带他去吃正宗的鸭血粉丝和鸡汁汤包。聊着聊着，他开始向我学习南京话，还让我教他用南京话骂人。我们在这边聊得忘乎所以，却发现孔灵不见了。我扫视一周，发现她被一个导演一直纠缠着，还不停地给她灌酒。我跟夏风打了个招呼便走过去不礼貌地打断了她和导演的谈话，招呼她过来，我想此时那导演一定恨死我了。孔灵凑近我的耳朵低声说：“谢谢，宝贝。”孔灵说晚上不想回家，想和我一起住。正好母亲出差不在家，我便答应了。我问她跟她男朋友打招呼了吗？她说已经打过电话了。

晚上我们两个躺在一张床上，却都睡不着。两个女人晚上睡在一起，一般都不会立即入睡，因为她们渴望交流。我觉得每个人都需要有一个男朋友和一个女朋友。

最近我在研究一个理论：如果说三角形是最稳固的形状，三角恋是最稳固的关系吗？在我们的恋爱关系中，几乎无法实现长久的两点关系，一旦两人恋爱，时间一久总有一方试图向外滋生另一条线，而另一方则会将这个点向自己的方向拉扯，这样就形成了三角形的关系网。倘若双方都向外滋生线条，那么这个关系也就不存在了。

生活当中，人们常感叹：想让你的老公一辈子不出轨几乎不可能。当男朋友或者老公有外遇的时候，女方总会努力去挽救。这样就很容易形成三角关系，但是倘若女方放手，或者女方也有自己的外遇，那么这个关系就不复存在。除开外遇，两点的感情也不是最稳固的，在一段时间以后，这段关系都是需要转换的，例如生儿育女。当夫妻双方把第三个点设定为孩子的时候，当他们的感情向外滋生给孩子的时候，这段关系才得以团圆和稳定。而在这种三角关系中一旦有一方出现问题，那么这段关系注定破裂，也就导致了当今社会常见的离婚。这种感情能量的流动是人类自己无法控制的，但是倘若我们正视这种感情世界里的三角关系，我们活得是否会轻松自如很多呢？

我曾经看过两部电影《布达佩斯之恋》和《午夜巴塞罗那》，这两部电影都用很唯美的手法描写了三角恋存在的合理性。在电影中，导演编剧们只是把这种潜在的感情能量定律表现得明朗与直白，让现实社会中的人们不太能接受。但我认为以后社会的情感发展方向便是三角关系，无论这种关系的第三个点是孩子，事业，还是第三个人，但是情感世界里是需要这第三个点的。这样才能达到稳固和平衡。

当今社会，同性恋已经不足为奇，而很多同性恋其实隐藏着自己更为真实的一面，他们其实是双性恋。他们需要一个男朋友，同时也需要一个女朋友。即便我们在性取向上正常，在我们的生活中，依然需要一个男朋友和一个女朋友，这样我们的情感才是流动的，可持续的，生机勃勃的。

一个男士曾经很不屑地跟我说，女人在一起聊天聊的都是些时尚购物的话题，但始终都会聊到男人，把男人奚落一顿，接着大笑了之。

我问起孔灵现在的感情。她说她和男朋友感情很好很稳定，在一起三年了，没有太多的激情，却很安逸稳定。

“你想过结婚吗？”我问孔灵。

“有想过，人总要走到那一步的。”她很平静地看着天花板。

我说：“婚姻似乎离我很遥远呀，我现在连个男人都没有。”

“你这小美妞着急什么啊？追你的还不排到长安街上了啊。”她把头侧过来看了我一眼。

“哎，不求数量，但求质量啊。我是没看出有几个真心诚意的，哪有像你家 MARK 那么靠谱的呢?”我也仰望着漆黑一片的天花板。

“MARK 让我有种想靠岸的感觉。不过最近我总觉得他怪怪的，有种说不上来的感觉。”

我看着她若有所思的样子，安慰她：“你别胡思乱想了。”

我接着问：“他在哪里上班啊?”

“一家广告公司。我们两人能在一起这么长时间就是因为彼此给对方很大的空间，互不干涉。他是个喜欢追求品位的男人，什么都要用名牌，例如什么 GUCCI，HERMES，CARTIER。也不知道他的工资是否够他花。”

“那他应该是处女座吧？处女座男人挺喜欢讲品位，讲格调的。”

“亲爱的，你还研究星座啊?”孔灵的大眼睛在黑夜里闪烁着，非常迷人。

“他不是啦，他是双子座的。”

“哎，星座这东西要结合属相、血型、五行等来分析才准。”

“是吗？那你分析分析我。”孔灵等待着我的分析。

“别看你婚前很疯狂，婚后可是贤妻良母啊。”

“是吗？我自已现在可一点都感觉不到。”

我问了孔灵一个私密话题：“你的第一次发生在多大年纪？”

她想了想说：“20 岁。”

我笑着：“都没想到你都成年了才……这个年龄是不是有点尴尬呀？”

我捂着嘴巴窃笑。

孔灵挠我的痒痒，问我多大。我说：“我更尴尬，大学毕业以后。你说要么早一点刺激，要么再坚持晚一点，坚持到结婚以后多好。”

“这个哪有那么重要，我看男人从来都不会说把这个留到结婚后，想不到你还是很传统的嘛。”孔灵发出咯咯的笑声。

我们陷入到第一次的回忆中，孔灵对我说：“悠悠，我其实也是个很传统的人，可是上大二的那一学年我时常会想到死亡，觉得自己万一哪天死于非命是不是很不值？因为人生的一大体验还没有去经历。”

我告诉孔灵我赞成她的想法，“我们现在从女孩变成了女人，接着我们还要从女人变成妈妈，变成妇人，变成黄脸婆。哈哈！”

我们正聊得起劲，手机短信响起，是夏风发的。

“睡了吗？明天一起吃饭吧。”

很明显他对我有意思。

“这小子一定对你图谋不轨。”孔灵也这么认为。

“你们熟吗？”我问孔灵。

“不太熟，他是新签约的演员。你对他有感觉吗？”

“没什么感觉，不过交个朋友吃个饭倒也无所谓。”我回答道。

第二天，夏风约我去望京的“梧桐”吃饭。这家餐厅装修得高雅精致，分上、下两层，除了高贵典雅的金边沙发，还有一些带有艺术气息的家具和雕塑，灯光有些暗淡，大理石的地板，一进门就看见零散几桌老外穿着西装革履进行着公务商谈，我想这里的美味大概也价格不菲，这正如一个男人初次见你那颗跳动的心。心跳的高度大约和第一餐美食的价位是成正比的。当我第二次见到他的时候，我依然确认他不是我喜欢的类型。高挑健壮的体格，轮廓清晰，牙齿洁白整齐，无处不昭示着坐在我面前的是一个帅哥。

“梧桐”的创意菜味道确实不错，我们聊得也自然开心。我似乎忘记了对面的这个人对我比对这美食感兴趣得多。我们用红酒掩盖各自的脸红，一个是有些醉酒的红，一个是泛着桃花的红。

“你听说过这样一句话吗？男人带女人去酒吧，是只想和她上床；男人带女人去看球，是把她当哥们；男人带女人去高档餐厅，是想找他做情人。”我有意针对他说道。

“哈哈，这话谁说的？”夏风问我。

“经验说的。”

“看来您是阅人无数啊。”他的眼睛里散发出睿智的目光。

“我可没说是我的经验啊。”

“你还真逗，我们这种穷演员，哪里养得起情人啊？”

“哦？”我感叹着。

他把脸凑过来对我说：“咱们别吃饭了吧，直接去酒吧得了！”

我笑了：“原来你们这种帅哥都是衣冠禽兽啊？”

“错，帅哥通常是衣冠勤秀的。”他诡辩的才能还算一流。

我被他逗得差点被噎死。

我去孔灵家找她一起去逛街，她家有客人，经过孔灵介绍，来客是她的大学老师。孔灵叫她韩老师。一位不惑之年却依然风韵犹存的女人。从她逐渐老去的面容上依稀可见当年的风姿。

孔灵给我介绍这位老师名叫韩小红，曾经参加过几部国际大片的制作。韩老师告诉我孔灵上大学的时候的一些故事。她说孔灵是个对生活饱含热情的女孩子，参加各种公益活动和社团。学校的各种活动都能看到她。孔灵和我很像，对生活饱含热情却又是自我的女人，而韩老师也是那种乐观的女人，只是她乐观得有点像刚出生的婴儿。在谈到她丈夫的时候，她眉飞色舞起来，这是个幸福的女人，她的丈夫是科研单位的博士。她说：“我什么都不图他的，就图他忠厚老实。女人一辈子找个对你好又专一的男人也就算幸福啦。你们两个漂亮的姑娘，条件这么好，以后找老公就找老实的，什么帅呀，有钱啊，都买不到幸福快乐。”我和孔灵相视一笑，频频点头。

一直在幸福里浸泡着的女人和刚出生时的婴儿一样光洁清澈，即便时间想方设法在她的额头眼角刻下印记，然而她的心却被幸福包围着，防护着。倘若女人能一辈子都被幸福包裹，那何尝不是一件令人向往的事呢？说实话，我和孔灵已经不可能了，再说句实话，我和孔灵都很羡慕韩老师。

而我是那种很坚韧的女人，即便有过失败的恋爱经历，我还是对下一场恋爱抱有幻想，始终乐观。我期待我人生中能够拥有一场美轮美奂的爱情，就像影片《露西亚》里的爱情，一生一定要疯狂地毫无顾忌地爱那么一次。我看着夏风从拍戏现场发过来的彩信，更确定了内心的这种想法。

接到公司同事的电话，说下午临时有个会，于是我告别了韩老师和孔灵打车去公司。我们公司是一个政府机构下面的下属公司，继承了政府部门的优良传统，忙的忙死，闲的闲死。正所谓能者多劳却不多得。我一度成为公司最忙的人，又一度沦为公司最闲的人。因为我一度成为领导最喜欢的员工，又一度被领导打入冷宫。我们这个部门一共六个人，三个干活的，三个靠嘴活着的。三个干活的成天被指使来指使去，这样还不讨好，三个靠嘴的呢？好处都是他们的，但凡有一点不对劲，立刻推脱责任。其中一个每天看看网络视频，号称也是在忙碌；还有一个基本上什么都不懂，一篇简单的报告都写不通顺，其实这三个靠嘴的写东西的水平都很差，除了会说，其他的一无是处，莫非这就是传说中的“口活”好？

可是这是现状。在这个城市，只要你还在基层，拿高薪的一定不轻松，拿低薪的也不一定轻松。因为你是基层，对的事错的事你都得做。这样一来你的工作量就无形增大，但是这其中有一半是在浪费时间，浪费生命。忙的时候是这样的，闲的时候岂不是更浪费生命。曾经有一度大伙都在忙活着，有的复习考研，有的看娱乐新闻，有的玩网络游戏，有的看小说，有的写小说。我就是那个写小说的。但凡公司网速慢一点，我们都能很准确地找到那个下 BT 的和那一群联网玩游戏的。别看这高楼林立，别看这西装革履，别看这在 CBD 出入，其实很多办公室就是个小型的网吧。大概生命的构成里注定存在浪费的因素，但是此情此景看得我心灰意冷。

由于我的性格中存在着一种与环境不融洽的东西，所以其他人都没事，我就有事。就比如在公司里所有女生都化妆，那么人事部一定觉得我的妆化得最浓；但是，如果把我们脸上的化妆品卸下来称一称，那一定不是我的最重。我知道这不仅是因为我长得漂亮，我的性格也存在一定的因素，这种问题反映到颜面上就是一种张扬，即便你一言不发，一股巨大的力量也会侵袭对方。就好比在故宫博物院里放置一条 TIFFANY 的项链，即便工艺精湛，但还是会让人觉得格格不入。

一周前我在 MSN 上收到张帅的信息：我一定会等你的。一周后他却在 MSN 上给我留言：给你介绍个富二代吧，也免得你生活得这么辛苦。

YOYO：不知道是谁上周说会一直等我的。

帅帅：给你介绍富二代就是为了让你爱得头破血流后，才知道谁是真正爱你的。

YOYO：那万一我和那富二代结婚了呢？

帅帅：你结了我再结。

YOYO：这话真感人呢，所以我决定……

YOYO：还是去见你那富二代。

帅帅：不过我要提前告诉你，他们这样的男人女人很多的，基本上每周换一个。

YOYO：你怎么认识他的呢？

帅帅：他是我们的一个客户。

我喜欢社交，喜欢经历。我认为这是人成长的一个重要环节。所以在他告诉我富二代约我晚上一起吃饭的时候，我也就爽快答应了。即便有时候头脑是清高的，肚子也要卑微一下吧，不然为什么当男人追女人的时候都用请客吃饭这一套路呢？那天下班以后，张帅特地选了一家宫廷菜餐厅，把我们俩约到一起。餐厅坐落在工体西门，穿过唐会，COCO，三个贵州人，来到一条林阴小道，餐厅名叫唐廊，隐约出现在树丛后的金碧辉煌，让人分不清是小隐隐于林，还是大隐隐于市。

此富二代名叫张小楠，身着条纹衬衣，很有台胞的风范，对他的第一印象还不错，因为他并没有高调地穿着一身名牌出现在我面前。这种印象是建立在普通社交上的，就好像你在看电视上的专访，你会告诉自己喜欢这个被采访的人的性格特质。所谓的普通的社交在通常情况下都是女人的一厢情愿，而男人想到的却是深度社交。因为就在那次进餐以后，这位名叫张小楠的富二代对我采取了疯狂的追求攻势。他列举了追求我的三点理由：不拜金，漂亮，有思想。

女人在空窗期的时候，桃花格外旺盛，我经常接到夏风的问候，也时常受到张小楠的邀请。今天是平安夜，我接受了张小楠的邀请。张小楠开着他那辆顶配凯宴停在了我家的楼下。我经过一番精心打扮上了他的车。看来张小楠是精心策划了一番，他把我带到建国门的兰会所餐厅，品尝这里的招牌菜。精致的装潢，高档的服务，美食红酒让我有些眩晕。说实话，这是个有品位的地方，但是这种品位和张小楠似乎有点不相称，虽然他穿的是 1881，背的是爱马仕，戴的是萧邦，但是我总是感觉还是有些不相宜的地方。

我们的谈话进入到一个似醉非醉的境界。

“我上大学的时候有一位外教，是一位年近70岁的法国老太太。在我们的毕业聚会上，她牵着一个中国老头的手，我们当时就问她那是谁，她说这是她的中国男朋友。我当时很不理解，现在想来我很羡慕她。”

张小楠看着我说：“欧洲人的生活方式很轻松，很自由。他们活得没有我们那么多的牵绊和枷锁。”

“是的，这大概也就是为什么周遭的人大多是同样一种生活方式，出生，上学，上班，结婚，生子，老死。”我的言语中透着一丝怨气。

“可是我们生活在这样一个国度，就要符合这个国家的国情。男人都想找一个传统女性、贤妻良母做老婆。其实你以后肯定也是一个很好的老婆。”

说到老婆这样敏感的话题，我有意把话题岔开。

“我特想辞职。”

张小楠问我为何？

“人生仅仅两万天，而青春更加短暂，我不希望自己每天都在重复着昨天，即便每天做的事情也许不一样。我渴望经历不同的生活，哪怕是痛苦。”我想我大概有些醉意了，否则我也不会把我内心的真实想法像倒水一样一泻而出。

“你是个贪婪的人。”

我疑惑地看着他，他既而说道：“喜欢经历的人都是贪婪的。”

“倘若天上真的有神灵在，那么他一定看着我们，看着我们每天朝九晚五，吃饭睡觉，酒吧唱歌。时间长了，神灵都会觉得腻味，觉得无聊，也许他都懒得看我们了。”我醉意朦胧，张小楠却怜爱地摸摸我的脑袋。

他的这一触碰让我稍稍清醒一些。我对他说：“为什么从小到大我们想去做一些事情，而周遭听到的都是反对或者打击的声音呢?”

“因为你周遭的人，例如父母、亲戚都是过来人，不希望你为一件不可能的事情去浪费时间。”

“其实他们错了，正因为他们觉得那不可能，所以他们去尝试的时候没有100%的决心，他们一边想着不可能，一边有所保留地去尝试，所以他们失败了。你看过《理发师情人》吗?”

张小楠笑了笑，摇摇头。

“我很喜欢里面的一句话：只要你有强烈的愿望，你就能得到你想要的人或东西。失败的原因是因为你的愿望不够强烈。”

“你的想法真的是很特别。”张小楠认真地看着我。

“一个朋友跟我说，他的孩子在国外上小学，老师问他2+2等于几？他说等于3。这要是在中国，无论老师、家长还是同学，都会取笑他，但是在国外，老师要旁边的同学不许笑，并对孩子说：“不错，你已经离答案很近了。”为什么从小到大我的周围都没有出现这

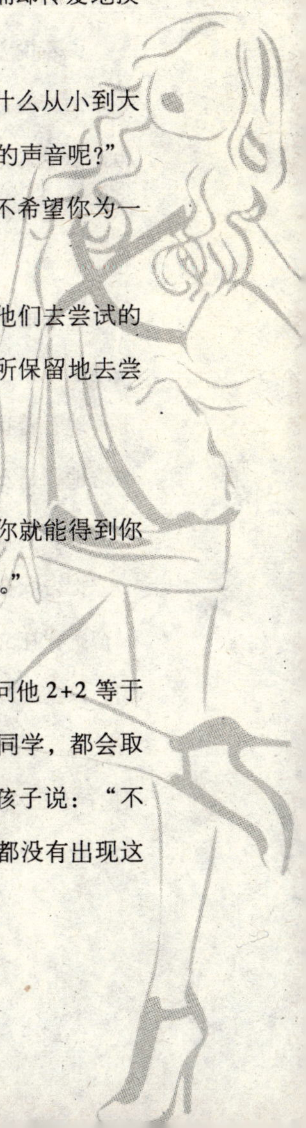

样一个人呢，告诉我，我离我的梦想，离我想要的生活很近了。”

张小楠说：“你是个有思想的女人，我以后就打算把我的孩子送到国外去接受西方的教育。”

之后张小楠开始给我讲述他的奋斗史。

说着说着我有些沮丧，因为我常常觉得自己无力。我总想抓住一些东西，但并不知道那是什么，也不知道如何去抓住；我拼命地去经历，似乎感觉抓住了一点东西，但是在体会到快乐以后才发现，我只抓住了它的一角。这大约就是产生我那些让人无法理解的言行的根源吧。

张小楠卖力地讲着，但这似乎是一场独角戏，因为我的思想早已飞离这张桌子，停留在了对面桌子上，我看到一个大眼睛的外国孩子定神地看着我。我不知道他是男是女，是男的，我希望等他长大后能嫁给他，是女的，我希望她长大后是我。醉酒后看到的事物很美，醉酒后的想法也很美。

记得我在读到王小波的杂文《我的老三届》的时候异常兴奋，兴奋到我在文章下批注，读到好的文章有一种生理上无法满足的高潮。该文章的内容与我心有戚戚焉。之前我在媒体上发表的一篇倡导市民不要去儿童村看望孤儿的文章引来了一片争议。而看到王小波的《我看老三届》里也提到了对残疾人的最大尊重，就是不把他当残疾人。我为什么会想到王小波的这篇文章，因为他在文章中指出人不是身体上与常人不同，而是心智上，那是不能称之为特殊的。而无论是夏风和张小楠，在我面前都极力地表现出自己的特殊，这是违背我的观念的。他们在讲述他们特殊的时候，又同时表现出了他们的平凡和普通，平凡在于他们的行为变化遵循着同样一个我预料中的轨迹，索然无味。所以我也就宽宏大量地原谅了他们。

送我回到家以后，张小楠从车后备箱里拿出一个礼盒，我问他是何物？他说是圣诞礼物，希望我能接受。我回到家里打开一看，是一件漂亮的礼服，礼服的下面还有一封信。这大约就是所谓的情书吧。情书是父母那个年代的产物，而对我而言，情书就像是穿着中山服的老八股。现在的年轻人无论恋爱中还是失恋，都会去选择写 BLOG。所以自此举动以后，我潜意识里觉得张小楠乃一爸爸级的老头，即便孔灵问我关于张小楠的事，我也常说："那老头没戏。"

# 家庭暴力

我的生活里似乎只有上班、下班、小说、约会。而在此期间，事业单位也在改制，逐渐走向市场，自主创收，竞争上岗。整个领导班子大换血，来了一批新的领导。几乎所有的员工都有一种诚惶诚恐的感觉，来了新的领导也就意味着我们又要重新开始奋斗。伺候的爷变了，工作的方式也变了。也许是爱情的惯性直接感染到了我的工作，我从前的工作惯性招来了新领导的几次批评。不过我倒是想得开，倘若真是一朝君子一朝臣，那么你把爷伺候得再好，你也不是他的人。加上从前的领导让我产生了抗体，我做不来拍马套近乎的事情。

在社会这个大染缸里，为了向上攀升，人必须具备两种素质，一是本身的工作能力，二是迎合领导口味。毕竟这是一个人领导人的社会，如果是机器人的社会，那也就简单了。即便你拥有超凡的能力，却没有迎合的态度，那么你的生命里基本上很难出现伯乐抑或掘金人。想要成功，你一定要有本事，有本事却不一定能够成功；就好像口中有词必须要心中有货，心中有货却不一定口中有词。男人不免拍马溜须，女人弄不好要宽衣解带。说得文绉绉一点这叫做能屈能伸，适者生存。这个社会，家里有背景的可以不用花钱了，有钱的可以不用拿身体交换了，用身体交换的可以不用炒作了，炒作的可以不用无奈等待了，什么都没有的只有去犯罪了。一篇报道上说：国外讲规则，我们讲潜规则。有人说了，潜规则和潜意识一样，存在是有它存在的道理的。问题就在于潜规则在向明规则发展。我就纳闷了，既然钱权交易和性交易已经成为主流，为什么这些人不出来嚷嚷我“潜”了，我“交易”了？反正大多数人认为这很正常，没人会质疑你的。我就挺欣赏一同学，考试作弊，把书直接拿到桌面上抄，他说，“我才不做偷鸡摸狗的事情呢。”

不过总的来说，南方领导是外骚，北方的领导属于闷骚。

总之，最后我被安排到一个极其乏味的部门，想想这样也好，无聊的时候可以写我的小说。

张帅开始发挥拍马溜须之专长，在不断努力下，他俨然成了新领导的宠儿，而新领导们也如观世音一样对员工没有做任何大的变动，只是微调而已。我觉得这是黑暗前的黄昏。带着一颗暂时安定的心，我决定下班去世贸天街逛街。

从 ZARA 出来，看见孔灵的男朋友 MARK 站在 MISSY SIXTY 门口，我正准备上去打招呼，一个女人走到了 MARK 面前。她戴着粉红色鸭舌帽和CD的新款墨镜，好像是刚试完裤子出来给MARK看，言行嬉笑之间还摸了一下MARK的脸，关系很是暧昧。我尤为好奇，但是又担心MARK看到我会比较尴尬，于是转身再次躲进ZARA店里。我思量着，这件事情是否应该告诉孔灵。不过倘若这是MARK的妹妹呢？实际上我的直觉已经告诉我他们的关系很暧昧，一点也不像兄妹。没过多久，MARK和这个女人逛进了ZARA店，我慌乱之间，偷偷摸摸地从前门走了出去。说来也怪，搞得倒像是我做了坏事一样，出门时保安还用怀疑的眼光瞅了我一路，我这是何苦啊。正在我紧张之时，门口迎面走上来一个帅哥，说是某杂志街拍，我挥手拒绝后便逃之夭夭。

回到家里，正当我在思索着是否给孔灵打电话的时候，孔灵的电话自动送上门来了。还没等我开口，孔灵便在电话那头喊起来："悠悠，快过来帮忙，韩老师和她丈夫打起来了。"听过此话，我迷茫了足足五分钟，晃了晃脑袋，确定自己没有在做梦以后重复道："韩老师，是上次去你家的韩老师吗？"孔灵喊道："是的，快来帮忙啊，到中戏了打我电话。"

当我赶到现场后，整个场面让我看傻了眼，这哪里是叫打起来，而是韩老师单方面在打她的丈夫，孔灵抱着韩老师，韩老师依然歇斯底里朝她丈夫挥手动拳。

我们把韩老师带到孔灵的家，韩老师坐在沙发上号啕大哭起来。

后来我才了解到原来韩老师回家后捉奸在床。就是她十几年来一直认为忠厚老实的丈夫，让她在光天化日之下看到他和别的女人做那种事情，而这一切让她精神崩溃。韩老师是一个生活在蜜糖里的女人，虽然她比我们年纪大，但是她比我们经历的感情磨难要少得多，所以她的外壳更加单薄，更加脆弱，以至于她的崩溃会彻头彻尾。

韩老师出生在高干家庭，从小被家里视为掌上明珠，尤为宠爱。上学的时候韩老师乃是一骄傲的公主，追求韩老师的人成群结队，但是韩老师就看上了她现在的老公。她的老公是她的初恋。当年，他费了九牛二虎之力才把韩老师追到手，当然会呵护备至。自此以后两人成家生子，婚姻一直很幸福。

现在看来，我们应该感谢我们之前的那些经历，是它们让我们变得更加坚强。而那些伤害过我们的人又成为这些经历里不可或缺的成分。而在这时，我想起了莫毅，这个曾经让我看不起自己的男人。他的好坏我无法去判断，时至今日，我依然无法对他做出判断，也无法完全地忘记他。在想这个男人的时候，我忘记了另一个男人的约会。张小楠给我打电话的时候我告诉她这里的突发事件，他好像并不关心，言语所表达的意思是让我赶过去和他约会，而这种行为很让我反感。我干脆地挂掉了电话。

韩老师在我们的安慰下睡着了。我回到自己的住所已经是凌晨。

第二天上班，一个同事悄悄对我说，今天的工作可别出现纰漏，我问是什么意思？同事说，今天大盘跌了一千多点。我们的领导一直在玩股票，难怪我之前觉得他的脾气让人丈二和尚摸不着头脑，原来是和大盘的抛物线成正比的。果不其然，一位同事不幸中彩了，办公室传出很大的责难声。批评，责骂，总之这些言辞和气氛里夹杂着与股票有关的成分。而我觉得我不该把事情分析得如此透彻，就仿佛当一杯白水里掺入了醋，我却偏要把醋从中分离出来。其实世界上很多东西都是相牵扯、相混合的。没有纯粹的东西，没有纯粹的爱，没有纯粹的性，没有纯粹的孝顺。就像水乳交融一样，但是我偏偏喜欢将水和乳分开来看，这样就让很多人不爽了。

就比如这个社会上有两类人，尤其是80后、90后，一类就是看上去很孝顺，一直陪在父母身边，因为父母提供物质来源，所以要在父母身边照顾父母，父母说一不敢二，并大肆宣扬“父母在，不远行”的所谓孝顺；还有一类就是离开父母走出去，原因也是在于父母不提供物质帮助，只能靠自己，因为没有时间陪伴父母，一旦成功便用物质来回报父母。其实两类人都算不上纯粹的孝顺，抑或孝顺其实也是和利益相混合、相牵扯的。但是第二类人作为人来说是独立的，敢于走出去就成功了一半。而父母其实都希望自己的孩子陪在自己身边，从人性的角度来说，这种爱也是自私的。所以我一向认为：所谓爱人都是在爱自己的前提下爱别人。所以能让孩子走出去的父母其实更加无私。如果想每天看到孩子来化解自己的思念之苦，这种爱其实还是为了满足自己的需求，让自己好过一点。爱分为无私和有私，如茨威格那样单纯的无私的爱在当今社会很难找到，大多数人的爱是有私的，还有一部分人的爱徘徊在无私和有私之间。

因为我了解自己调换部门的事件也和混合的很多因素有关，所以干脆两耳不闻窗外事，一朝君子一朝臣，我的离开是迟早的。离开了原来的岗位，我现在成为了名副其实的 OL 和“表妹”，看着原来部门的同事出差回来，我或多或少有些失落感。

这天张帅出差回来，一副得意模样，倘若用我的眼光，就应该称之为一副欠揍的模样。他开始夸夸其谈去日本参加会议的一些小道消息，例如日本妞如何的靓丽和温柔，例如他们住多么豪华的酒店公寓。我问他，两个男的出差也住两个标准间？他说他们每次出差都是这样的，住的是五星级酒店，吃的是山珍海味。张帅的话门一打开，便犹如滔滔江水，他说领导陪税务局的领导吃饭，开了一瓶几万元的红酒。领导让张帅敬酒，他硬是不敢喝，他心想，这一小口下去就喝掉了几千元啊，换成现金给我多好啊？张帅你也就这点出息。

我们可怜的韩老师，每周都要找我和孔灵倾诉，她在我家号啕大哭，我只能在一边安慰。孔灵告诉我她前两天在学校看到韩老师的丈夫，脸上青一块紫一块。于是上去问他怎么回事。出于面子，她丈夫遮遮掩掩不愿意说。当孔灵正准备走的时候，韩老师的丈夫叫住了她，说是找MARK设计一个广告。

MARK从韩老师丈夫那里回来，孔灵叫他去建国门的BASKIN和我们晚上一起吃饭。我们坐在BASKIN吃冰淇淋，MARK来的时候，我和孔灵正聊着韩老师的事。MARK点了一杯果汁坐下后告诉我们说，他简直看不下去。他说，韩老师的丈夫这几天天天挨打，韩老师在家里歇斯底里地打他，并且用力地踢他的下身。韩老师把他的工资卡拿走了，他如今每天身无分文。他躲在办公室不敢回家，韩老师却在单位门口守着他。他觉得现在的生活生不如死。我想这大概就是所谓的家庭暴力吧。

孔灵说："这也难怪，韩老师丈夫以前对她那么好，百依百顺，现在却闹成这样。"

我感叹道："人真的是会变的，而且那速度快得惊人啊。"

MARK说："其实也不能完全怪她丈夫，他们单位有个女的想参与她丈夫的科研项目评上职称，于是就勾引她丈夫，你知道这世界上能有几个男人抵抗得住女人的这种送上门的诱惑呢。"

孔灵感叹："只可惜韩老师是不可能接受这个事实的。"

我喝了一口果汁后说："其实我觉得韩老师的丈夫还是爱着韩老师的。不然的话一个正常男人这么被折腾，早就被吓跑了。"

生活组合方式，复杂的人在单纯的环境中，复杂的人在复杂的环境中，单纯的人在单纯的环境中，单纯的人在复杂的环境中。我曾经相信这个世界上有单纯的人和他自己的那片净土，不过事实却是她最后疯了。

我们永远体会不到别人的痛苦，除非我们有过相似的经历。我们不怕受伤，就怕受的伤不一样。每个人的生活都还在继续，所谓好死不如赖活着。我在自己的小窝里又看了一遍《理发师情人》，这部电影是孔灵推荐给我的。我跟她聊天，我说我虚无空洞，找不到想要的爱情和生活，总是有这样那样的不满。她告诉我去看看这部电影，也许对我有一些帮助。电影的女主角找到了自己的爱情，每天幸福充盈。而她因为怕失去这样一份幸福，在一个风雨交加的夜晚，和她的爱人在缠绵以后毅然地跳进了汹涌波涛里。她在遗言里是这样说的：她要在幸福消逝前先走一步，这样她就能永远抓住幸福了。而这一场景给了我很深刻的印象，让我久久不能忘怀。

上帝是公平的，在你精神上空虚荒芜的时候，会有物质上充分的弥补。这些日子我的事业蒸蒸日上，在股票投资上也有所收获，追求者与日俱增，每天都是高档餐厅的约会。我对北京的美食更加着迷，疯狂地爱上了这些美食，却没有空间留给这些美食对面的人。

# 下岗与再就业

走进社会，时常抱怨，抱怨不公平，为社会上各种不平等事件而义愤填膺。感觉自己像愤青。关于愤青，其实只有那些抱怨一阵子，而后被社会同化的人叫愤青；而坚持一辈子“抱怨”的那就是斗士。我只知道现在自己对于各种事件，大到贪污腐败，小到小公司里的性骚扰，感到无比的厌恶。

为了存活，一般情况下，我们所不能改变的应该尽量去回避，然而回避不了的时候，我们就应该摇旗呐喊。因为人都会有冷漠的情绪，只是每个人的底线不一样。那些心中依旧充满希望和热情的人才能举起大旗，那些心已经沉睡的人只能被不停地摇晃甚至敲击才能被摇醒。我们需要做到的就是认清自己，彻头彻尾地，入骨入髓地。许多人在自己死去的那一刻都还没认清自己。他们的一生只是在呻吟，呻吟了一辈子，这种呻吟于我有点厌烦了。从前我只是不喜欢那些心地不善良的人，而如今我也不喜欢善良而没有能力和头脑的人。

对于宏观来说我们又是何其的微观。作为一个微观个体，任何糊涂而高调的行为都是可笑的。所以我如今也常常在笑，真的很难得。

我始终抱着这样的幻想：要么颠覆一切，要么被一切遗弃。所以，我终于决定给就业压力大的社会让出一个微不足道的岗位。在我递交辞职信的那天，主管什么也没有说，也没有丝毫挽留，嘴角撇出一丝无所谓的表情。面部的无所谓多半是因为内心的有所谓，所谓的是什么，是办公室少了一位美女。据科学研究表明，经常和美女待在一起会身心愉悦，可以长寿。离开办公室的那天，我有一点落寞，毕竟我在这里待了将近一年的时间，我的电脑，我的椅子，楼下的食堂和咖啡店都好似我的情人，有些舍不得。有时候我在想多情的人是不是感知能力比一般人要强，感知幸福的能力和感知痛苦的能力都要比别人来得强烈，也就是我的幸福要比别人幸福得多，同理，我的痛苦也比别人的要痛苦得多。即便是这样，我还是对自己的感性很知足，我甚至害怕理智来得太快。

辞职以后，我在家写小说。母亲却心神不宁，总是在一旁唠叨："悠悠，什么时候去找工作啊？你这每天在家可不是事情啊。比妈妈退休还早？"

"我知道，我休息一段时间就去找。"我心不在焉地回答。

"你说你这孩子，之前在南京的工作没干多久，这到北京进了大公司，怎么也还是干不长呢？"母亲每天都因为工作的事情唠叨个没完。

“我觉得我不适合上班，领导都是白痴。”我边在电脑上打字边回答母亲。

“你这是什么意思啊？不打算找工作了？”正在扫地的母亲放下扫帚，走到我身边。

我知道母亲有点火了，便闭口不答。

“你说你这什么时候才能叫我省心啊？我一个人带你不容易，你一没工作，二没男朋友。叫我怎么能放心啊？操心都操不完。你不工作，没有保障，哪个男的以后敢要你啊？嫁人都是个难题。”母亲再次拿起扫帚。

“照您这么说，这谈恋爱、结婚还都是要讲条件的啊？把人当商品做交易啊？”我有点义愤填膺。

“你太傻太单纯，你完全跟不上现在的社会趋势，你看看隔壁张姐的女儿找的老公吃喝拉撒全在她家，上门女婿不说，还要供这男的读博士；你再看李大叔的女婿开着李大叔的车到处跑。你以为还是十几年前，现在的女孩不值钱……”

听了母亲的这番话我怒火中烧，也不知道是接受不了社会的现状，还是不愿意相信社会的现状。

“前天我去买菜听见小黄跟他上高中的儿子说以后去找个有钱的老婆，少奋斗半辈子。你说我怎么不着急呢？咱们家靠我一个人又没多少钱，你上哪儿去找个好男人啊？你现在又不工作，你真的打算一辈子不嫁啊？”母亲的话犹如滔滔江水一发而不可收。

“如果现在男人都变成鸭子了，只会吃软饭，那我就一辈子不嫁。”我的语气变得愤怒。

“不嫁你更要去上班了，等你生病了，等你老了，没有保险谁养你啊？你这样老不上班，街坊邻居每次都用异样的眼神看着我，还以为你在外面当二奶呢，只有二奶才喜欢在家待着。”

母亲的话让我无心写作，气不打一处来，“我就当二奶可以了吧。”

猛然间我感觉到自己的胳膊火辣辣的，母亲一扫帚扫过来，我的整个胳膊都红了。

我每天的生活就是晚上写到凌晨两点，白天睡到早上九十点，我的生活变得拮据起来。下午在家看看片子、电子杂志，有时候去赴约和张小楠吃遍北京的特色美食。因为张小楠对我的无微不至，我甚至开始下意识劝服自己去接受他。每天晚上他都会打电话给我，节假日也会精心地准备晚餐和礼物。一直生活在男人对我的无微不至的宠爱中，这也是一种幸福，无所谓爱情，仅仅是一种感官的享受。

我和孔灵相约在三里屯逛街吃饭。三里屯囤积着很多蓝眼睛和对蓝眼睛感兴趣的黑眼睛。酒吧街的宣泄，VILIAGE 的时尚，离我们两

家的距离，这么多优厚条件，让我和孔灵的约会总是第一个考虑这里。孔灵挽着我的胳膊问我：“辞职以后是不是觉得生活自由多了？”

“哪里自由，每天在家待着，耳朵不仅长了茧，而且还经常饱受竹笋炒肉。”说着我把昨天被母亲打的地方给孔灵看。

“你妈还真下得了手。”孔灵惊讶地看着我受伤的胳膊。

“我跟我妈脾气都不好，所以经常会有口角，看来这上班也不是，在家待着也不是，这生活真艰难啊。”我哭丧着脸。

“干脆你来我们剧组当群众演员吧，来玩玩呗。这样你既可以跟你妈妈说你上班了，又不用去办公室当 Office Lady。”孔灵把我的手一拉。

“要潜规则吗？”我半开玩笑地问孔灵。

“这年头要是连群众演员也要潜规则，那估计要出人命了。”孔灵坏笑。

“出什么人命啊？”我不解地看着孔灵。

“如果拍古装，成百上千的群众演员，那还不得精尽人亡啊？”说完我和孔灵仰天大笑。

就这样，我的再就业工程实现了。我之所以会答应当群众演员，其一是迫于母亲的压力，其二是因为辞职以后只能靠之前的一点积蓄过日子，去剧组当群众演员白天还能混口饭吃，节省一餐，晚上回家写小说。每天勒紧裤腰带过日子。

每天回到家里我已经累得半死，因为群众演员真不是人干的活。在剧组里最早到的是你，最晚走的也是你，等男女一号、二号、三号，配角拍完了才轮得到我们群众。我想起了周星星电影里的那句台词：死跑龙套的。而孔灵却总是力推我从龙套里跳出来去演配角，只可惜她自己也只是在三号和配角之间徘徊，所以说话也没有多少分量。

每天回到家里，我努力地写着小说，每时每刻都在盼望着自己的小说能尽早出版，让我从这种窘境当中解脱出来。而在剧组里，因为有时群众演员太多，盒饭数量有限，夏风总是把他的盒饭留给我吃，每天都给我买饮料零食。在我落寞的时候，这无疑是一种雪中送炭。其实，这在感情上应该算是乘人之危吧。后来我也时常思考，如果自己没有陷入那样的窘境，会被夏风感动吗？

这天在剧组，我们在赶一场医院做手术的戏，我扮演一个端盘子的护士。凌晨四点半就赶到剧组，等到中午却还没轮到我们拍摄。午饭时间，夏风拿着盒饭和饮料朝我走过来。

“悠悠，累不累啊？”他亲切得仿佛父亲一般。

“能不累吗？”我皱着眉头。

“我明白，我以前也干过群众演员，每天累得腰酸背疼。一回家就倒头大睡，你这还要回去写东西，怎么受得了？我看你要是太累就别干了吧！”夏风皱着眉头。

“不干连饭都没得吃。”我气呼呼地说道。

“不就是吃饭吗？我养你！”夏风拍拍胸口。

“我又不是你女儿，凭什么要你养？”我翘着嘴不屑一顾。

这话音刚落就冷了场，我突然觉得有点尴尬，撇了撇嘴。

还是他的声音打破了这尴尬的场面：“你站了半天，肩膀很酸吧？”他边说边掐了我一下。

“哎哟！”我大叫一声，惹来四面八方的目光。

我拍了一下他的手，继而说道：“你怎么知道我这儿酸疼？”

“我有经验啊，我都疼麻木了。我告诉你怎么可以让它马上不疼。”他边说边给我捏肩膀，我很奇怪自己没有拒绝。他的方法真的很有效，不一会儿，我居然睡着了。醒来以后发现自己靠在了夏风的肩膀上，就差流哈喇子了。

当我睁开眼睛的那一刻，看到孔灵在我面前坏笑。我立刻觉得自己的脸开始发烫，马上从地上弹了起来，一溜烟地跑到离夏风十万八千里的地方去了。

孔灵问：“你恋爱了吧？”

我说：“可能吧。”

回到家后，他继续给我打电话聊天。他的声音透过手机凸显出磁性和性感，这种声音很好听，磁性的声音掺和着幽默的言语以至于我第一次不愿意放下电话，就这样我们聊了几乎两个小时，我在这种听觉的宠爱中昏昏入睡。

人是很奇妙的动物，当你第一眼确定你不会爱上他的时候，你未必真的不会爱上他。而我又是很奇特的人，我用除了视觉以外的感官去爱人。我的听觉在经受他两个月的侵蚀后终于带动了我的整个感官和心脏。

他去西藏拍戏了，大约两个月时间。而我们每天晚上都要通话。其中有一天，他没有给我电话，我打他的电话他也没接，这让我的整颗心都揪了起来。从那个时候开始，我知道自己已经爱上了他。

夏风回来的时候俨然成了一个非洲难民。我们在火车站热情地拥抱，活像一对巴黎恋人。在这样热忱的温度下，夏风也和他晒黑的皮肤一样在进行着一次蜕变，在之后的几天里，见面的时候我们会激情澎湃，不见面的时候形同陌路。这对我其实是种煎熬，因为我渴望的爱情是相濡以沫的。他对我说，那我们互相吐口水好了。

我和夏风打车来到他的住所，房子很普通，简单的装修，倒还干净。夏风跟我说他有很多同学都是做演员的，每天跑剧组，一年也难得接到几个片子，租的都是 300 元的地下室。

我问他：“那你呢?”

他说：“这种苦我也吃过，以前也住在很破的房子里，而且是几个男人住一间房子，没有厕所，一隔好几天去哥们家洗个澡。”

“那上厕所怎么办？”我怜爱地看着他。

“尿到可乐瓶子里，第二天出门扔了。”

我的嘴张得老大。

“现在演员这行不好干啊，本来竞争就激烈，还有一些老演员把自己的女儿、儿子往演艺圈里带，不知道抢了我们多少饭碗。”

“你说这社会体制不再采取世袭制了，这演艺圈反倒落后了，封建了，开始了不成文的世袭。”我对这种社会现象也深表不满。

“前天我还去帮一演员的儿子配音呢，妈的，演个破角色连普通话都说不清楚。”他把头发往后面一甩。

这种社会现象确实让我反胃。如果哪个大腕的儿子或女儿真的有表演天赋，那么你就悄悄地出来，靠实力成名，每次抛头露面还要打上“谁谁谁的女儿，谁谁谁的儿子”。出名的子子孙孙都出名，平凡的子子孙孙都艰难，不是小仲马，就不要吃子承父业这口饭嘛，“占了茅坑不拉屎”。

“倘若我有一天当了导演或者制片，绝对不用任何一个世袭的演员，除非你比你爸爸妈妈还要有实力。”我自言自语着。

他在整理他的房间，我却在一旁深情地看着他。我走上前去想帮他整理，他却说：“宝贝，我自己搞定，不能累着你。”我很喜欢夏风的声音。

夏风整理完行李后牵着我的手说要去超市买东西亲自下厨。在超市里推着推车和爱人一起闲逛，的确是一种享受。你可以随心所欲地从货架上拿你喜欢的食品，你可以边选购生食，边想象怎么把它变成熟食。也许在这个时候男人想的也是怎么把生米煮成熟饭。不过一切都是那么的顺其自然，水到渠成。我把各国的巧克力每种各买了一块，而夏风也细心地挑选樱桃、鹅肝和鲍鱼。打车回到夏风的住所，他便命令我不许进厨房，一个人在厨房里开始忙活起来。一小时以后，精致的菜肴便出现在我眼前，他说他曾经因为要饰演一位厨师而专门去学过厨艺。

我们把灯关掉，点着蜡烛，倒上红酒，开始了简陋的烛光晚餐。这种氛围一点也不小资，因为我们都是一群北漂的穷孩子，因为相似的经历让我们坐到一张桌子上吃饭。我们是故作情调的无产阶级，正因为如此我们什么也不怕，什么也敢做。而我偏偏又爱上了无产阶级的大无畏精神。我们喜欢摆弄出那么一副品位和情调，喜欢奢侈那么一把，实际上那都是平时省吃俭用出来的。也许因为这一餐饭，夏风吃了半个月盒饭也不一定。

饭后夏风开始给我讲述他的奋斗史，而在他的言语的渲染中和我视觉的放大中，我开始着迷于他。女人在那一刻脑子里总会装着个放大镜，这是与生俱来的。他的谈兴达到高潮的时候直接从他的喉咙抵达胃部，再到腹部以下。他凑近我的耳边说：“人是因爱而生，所以在做人之前先要学会做爱。”而此刻我没有拒绝，于是在一种不平衡的状态下合为一体。为什么说不平衡，不平衡指的是当男人的大脑趋向清醒的时候，女人的大脑趋向迷糊。

第二天早上，夏风对我说：今天早上导演要过来谈剧本。我很自觉地拿着我的包走了。然而我此刻的感觉异常不好。晚上夏风继续给我电话，让我去他家，被我拒绝了，因为我隐约觉得昨天是一个错误。即便恋爱中的女人智商无限地接近于零或者是为负数，但是我依然感觉这是个错误。

樱桃，一个容易让人联想的物品。当你吃下十几颗或者几十颗樱桃的时候，你不会记得曾经那一颗是什么味道是什么颜色，因为在吃的时候你只会沉溺在它那种甜美的味道中。

张小楠继续约我，我基本上都是爱理不理，于是他便采取其他的攻略，暂且称之为北京攻略。我和夏风的关系却变得越来越捕风捉影起来。白天我约他逛街，看电影，他都会以拍戏或者看剧本为由拒绝我，晚上却不停地给我电话和短信说想我。我对他的行为有些不满，他却头头是道地说：“白天要工作，不工作、不赚钱、你会一直和我在一起吗？我要赚钱买房子。没有房子你会嫁给我吗？有时间我一定陪你。”这样一番搪塞以后，我也就欣然接受了。晚上我还是有时候会去他家，给他打扫清洁，每每临走他都会拉着我的手，温情地亲吻我的脸颊。于是一转眼就变成了第二天，第二天为了不影响他排戏，我又自觉地早起提着我的包走人。这样多来多往，我也就成了他名不符实的女友和名副其实的玩伴。

直到情人节的那天。我本来计划着和夏风共同度过，谁知道计划一转眼就变成了幻想。一直等到晚上八点都没有他的电话，于是我开始给他打电话，从第一个一直拨到第一百个，我在泪水中睡着了。第二天醒来的时候，依旧没有他的来电。我灵魂出壳似地挪移着我的身体，直到中午我的电话才响起。“你昨天给我打了这么多的电话？我这几天拍戏很累，静音了。”我带着依旧抱怨的语气问他：“你知道昨天是什么日子吗？”“我知道，不就是情人节吗？我从来不过这个节，过去的24年不过，之后的几十年也不会过。我连事业都还没发展稳定，哪有心思过这种节日。”

听了他的一番阐述之后，我鬼迷心窍地觉得整件事情都是我错怪了他。当女人年轻，散发着青春光彩的时候，她的脑袋是糊涂的；而当她变得犀利和老练的时候，她的青春也已逐渐逝去了。当然还有一些女人在她们刚进入青春期，心态便已经老去，所以我们看到她们活得潇洒且滋润，然而她们过早地失去了人生的一种滋味和体验。

我需要在一种稳定的状态中求生存，哪怕是我自己假造的氛围，于是我也就在爱情中把自己摆在了一个很低的位置。我还是会到他的那间小屋去为他做清洁，等他夜里真实地亲近，白天匆匆离去。有时候我觉得自己像一个应召女郎。

其实人都是活在一种自我的意识里，而每种自我意识的打破也都是因为人会计较得失。而我的得失并非我知道他另有新欢，也并非他对我不好，而是在于有那么一天他对我说：我们分手吧。在我试图挽回而无力的情况下，我在悲伤与孤独中渐渐清醒，清醒得我开始计较得失，用我对他的好去衡量他对我的坏。最终他还是说了那句话。

我知道即便自己是玛格丽特，《茶花女》这部小说也是有结尾的。孔灵之后也告诉我，她听说夏风和一个女演员在一起。因为没有得到证实，并且怕我伤心，所以一直没有告诉我。那几天里，孔灵天天陪在我身边，有了她的陪伴，我就会好得快些。这些事我不敢告诉母亲，因为我只希望她知道，我生活得很快活。

我坐在公交车上，看见大街上人们的脸茫然而孤独。你不知道他们多长时间没有性生活，抑或他们的性生活有多频繁；你也不知道他们谁在渴望谁。我觉得自己已经快丧失爱的能力了，后来，我生病了，很严重的病，一周瘦了10斤。好像得了厌食症，所有的器官都开始萎缩。我躺在家里的床上，计算着这十天以来我吃了几餐饭。我不想去看病，只想这么躺着。

冬天到了。我爱冬天，我喜爱寒冷的感觉。原因在于，只有寒冷才能凸显温暖，只有痛苦才能凸显快乐。我相信男人也会痛苦。虽然他们不会痛经，不会流血，但是他们会有前列腺方面的危险。其实女人被抛弃的痛苦和男人得不到的痛苦是一样的，是上帝造人时安排的一个在前，一个在后。所以看上去女人很惨，男人很坏。

我走在北京的冬天里，萧条光秃的街道，几缕阳光穿透大气层、云端来到我的面前，亲吻着我的额头。北京的风是有温度的，因为在那一刻里，我感到一丝温暖滑过我的脸颊。我去超市买了一大包食品，因为我不想再病下去，我需要食物、能量，我是打不倒的。回家的路上，突然刮起了北风，推着我懒洋洋、没有力气的身体向前走。风儿，真好。这大概是上帝造人的乐趣吧，男人女人互相追寻着，如果没有一方在跑，那么整个世界都会死去。

每天，我的眼泪浸湿了枕头，带着泪水入梦，梦是美好的。

分手的第 20 天，清晨我醒来，时钟垂直得像在体会自由落体的感觉，阳光从阳台直射进来，暖洋洋的，在记忆里好像是第一次有这样的感受，暖洋洋得我不想睁开眼睛。我正在享受着，两片黑云却逐渐地包夹住了阳光，仿佛想要吞食它。阳光在黑云里散发着黑色光芒，用力，用力，终于它将两片黑云推开，仿佛打开了那扇即将关闭的万恶之门。我看着它，微笑。眼泪滑过我的眼角。

成长在每一次绚烂里，自由在每一分独自里。

我失去了吗？没有。我得到了吗？是的。

爱人，人爱上的从来都是爱情，而不是某个人。与爱相比，人太过平凡，太过卑微……

那时那刻，我很想听小红梅的Dying in the Sun……

# 胃不好，请吃软饭

因为亚当和夏娃在伊甸园偷吃了禁果，于是人类便有了原罪。因为亚当和夏娃憧憬了未来，他们使得人类背负了与生俱来的罪孽。憧憬是天性，使得罪孽也成了天性。实际上，当我们开始犯错的时候，想要把自己的快感建立在别人的痛苦之上，与此同时，我们也在尝试着一种痛苦，在整个事件中，谁都无法逃脱。我们在逐渐成熟的人生中学会了包容人性的缺陷，之后才发现，其实完美才是最大的缺陷，而每个人都要经历痛，才能从痛中挣脱出来。

在跑了半年龙套以后，我意外地得到了一个女三号的角色，因为这个角色的完美演绎，让我在圈子里也开始小有名气，公司准备要签我做正式演员，签约之前的一个月熟悉公司的环境，由经纪助理小白来带我。这样一来，我和孔灵也算是一个公司的姐妹了，在一起腻着的时间就更多了。而此时我的小说也大功告成。

这天我接到一家出版社的电话，说是对我的小说很感兴趣，希望我过去和他们谈谈。出版社的主编很客气，对我的小说大加赞扬，并提出了一些修改意见，约定等我修改完以后就签订出版协议。

开心兴奋之余，我打电话给孔灵说请她吃饭。我约孔灵在南锣古巷吃饭，并把这个好消息告诉了她。

“悠悠，很久没看见过你这么开心地笑了。”

“这本书是我的处女作，也是我的心血，真的如我的孩子一般，怀孕十多个月啊。”我拿着底稿，仿佛面前已经是成书。

“等这本书出版了，我一定要好好看看，看看你的孩子究竟长得像谁？”孔灵坏笑。

我掐了一下孔灵，跟着也哈哈大笑。我咨询她关于公司和这个圈子的一些事情。她告诉我，“这个行业的竞争还是很强的，现在戏剧学院、电影学院每年毕业那么多演员，毕业以后能有几个拍戏的呢？他们大多住在地下室，白天就是到处跑剧组。到了后来有的改行了，有的嫁人了，有的坐了台，还有的被包养了。你以为个个都能成为周迅、章子怡啊！但凡有点姿色的就找有钱的主儿，演一部戏几千到几万，她们给男人撒个娇，几十万就到手了。”

我问孔灵，如果有导演要对你潜规则怎么办。孔灵大笑起来，说之前有好几部片子就是因为要潜规则她没接，现在这个剧组的导演也跟他提过这样的要求。

“有次去剧组面试，几个演员定下来以后，大家一起聚餐，结果聚餐以后导演执意要送我回家。我也没有办法，跟他上了车。车开到他家楼下，他说他老婆出差，要我去他家坐坐，当时都凌晨1点了。经过我几番周旋，同意和他在他家楼下咖啡店坐一会儿。他要了两杯鸡尾酒，开始表达他对我的爱慕之情，最后更直截了当地提出了潜规则。”

我着急地问她：“那后来如何呢？”

孔灵说：“后来我告诉他，我是个和谁睡就会爱上谁的人，等我爱上你以后，我肯定会天天缠着你，还会找你老婆谈判，逼你们俩离婚……”

孔灵讲到得意之时，手舞足蹈起来。“你猜后来怎么着？”

“他肯定说离婚就离婚呗。”

孔灵说：“错，要知道他现在的事业一大半功劳归功于他老婆，他老婆是投资人，他才有片子拍。所以他拿我没辙，只有不甘心地放弃了。”

“你可真有办法啊，经验都累积出来了，哈哈。”

孔灵洋洋得意。“做人累啊，哪个行业都需要周旋，不然有点姿色的女人在社会上没办法混了。”

我觉得有点无奈：“是啊，前几天我在报纸上看到一则新闻，说是一女员工，被老总看上了。老总总是提出要跟她发生关系，被她拒绝了几次以后，老总把她调到一个非常不起眼的岗位上，还要所有员工都不理她，对她采取冷暴力，后来这个女的得了抑郁症不能上班了，现在一直在接受治疗。”

“这就是为什么自古以来的一句老话，红颜女子多薄命。”

我有点愤愤不平：“这么说长得漂亮的女人只有随便乱来才能活得轻松啦？稍微有那么一点道德和尊严的，都活得比别人累。”

“咱们不说这个了，说起来倒胃口。对了，你最近有没有新对象啊?”

我说：“没呀，依旧一片空白。”

她问我：“那个富二代呢，追你也追了大半年了吧!”

我说：“他对我依然很好，可是我就是没什么感觉，我觉得这感觉根本培养不来。”

两周以后的周末，我接到小白的通知，让我和孔灵一起去陪制片人吃饭。当我从周振羽的房间夺门而出的时候我就决定了，演员这行我不做了。反正对于我来说这只是过渡，我的书就要出版了，我根本不稀罕做演员。在回家的路上我还嘀咕着：“你们这群臭制片导演，等我的小说出版了，当了剧作家，看我怎么玩死你们。”

因为我还没有和公司签订合同，所以我的离开是很简单的，我和经纪小白说出了自己的去意并让他转告老总，至此我就再也没去公司。唯一可惜的是白白跑了大半年的龙套，唯一遗憾的是不能再和孔灵做同门姐妹了。

半个月以后，当我兴致勃勃地把小说拿到出版社准备签约的时候，出版社的主编跟我说，这书不好卖，他们会赔本，不能出版。

“你们怎么能这样呢？觉得不好卖，你们早干吗去了？早说呀，让人家改了这么久，现在就一句不能出版就算完了？没有那么简单的，你们这些出版社太不负责任了……”我的言辞随着我的怒火一烧到底。

主编一脸尴尬加一脸茫然：“你别这么冲动，咱们这次合作不了，下次可以合作嘛。你的文笔不错，可以写个杂文游记什么的。”

说什么都没用了，事实就是这样的残酷，这一消息对我来说犹如晴天霹雳，希望越大，打击越重。我的沮丧写满了整张脸，走在回家的路上，我把书稿扔向了空中，瞬间泪水滑过我的脸颊。

他们说，我的小说和一般小说的写法不一样，太超前，把小说当电影写，读者可能看不懂。我的语言不受模式的限制，我太追求创新和自由。这大概是一本没有文体的书，似杂文，似小说，似传记。

文体是由谁创造的？人类，而且是早于我们很多年的人类。人类思想是不断发展的，我们为什么一定要拘礼在前人所创造的文体里？这本身就是一种保守的行为。

出版社的编辑让我把小说情节改得跌宕起伏，而我却不以为然。中国的很多小说不是小说，是故事。读中国的小说就像在夜店认识一浓妆美女，上床后第二天早上醒来的感觉一样。只追求情节的曲折，不追求思想性，看的时候投入，看完以后觉得很假。我认为最好的小说应该接近真实的生活。有时候觉得出版社的编辑很有趣，让你这样改那样改，他们何不自己去写呢？每个人的意识认知都是来自于他自己的大脑，根本就没有绝对。

正在这时，孔灵打来了电话，我的泪水沁过手机流到了她的耳朵里：“悠悠，你怎么了？”

“我的孩子流产了？”

“什么？”孔灵几乎叫了起来。

“我的书被退稿了。”我继续哭泣着。

“别哭别哭，乖，你现在在哪里呢？”孔灵关切地问我。

“我在国贸呢。”我带着哭腔回答。

“亲爱的，你在那儿等我，我马上打车过来，请你吃好吃的。”

就这样，随着我的小说的待产与流产，孔灵把那餐庆功宴还给了我。孔灵请我在建外 SOHO 的一家日本私房料理吃东西，我把自己的情绪收敛在了花掉的妆容下。

“悠悠，你这才被退一次稿，就这么失落，你知道那些大作家第一次出书都被退过多少次稿吗？你的硬仗还在后面呢，但是你一定不能因此灰心，要相信自己的实力。”孔灵拍拍我的肩膀。

我笑了笑，说：“我也知道，我只是当时有种从万丈深渊跌落的感觉，一时接受不了。”

“你还流产呢，说得那么吓人，你这叫难产，不叫流产。不过，据说难产的孩子都比一般的孩子要聪明哦。”孔灵边点菜边调侃我。

“其实我也知道，出这本书不会这么容易的。毕竟我是新人，这也是我的第一本书。”我的情绪恢复了稳定。

“你来点菜吧。”孔灵把菜单递给我。

我边看菜单边问孔灵：“上次那个投资人你拒绝了，公司没找你麻烦啊？”

“小白游说我半天，说我要想开点，否则当一辈子三流演员。为难我倒不至于，因为总有愿者上钩的，这年头多的就是张开双腿要钱的女人。”

“哈哈，不过张开双腿要钱的越多，张开双腿要钱也会越难吧。”我调侃着。

“对啊，想当年，二奶都是有房有车的，现在的二奶都在租房呢。”孔灵不屑地说。

“这真是一个可怕的恶性循环啊，女人为了赚钱张开双腿，男人为了双腿拼命赚钱。”

孔灵哈哈大笑：“你不愧是作家啊，总结得真经典。就冲你这句话，你这本书一定能出版，放心吧。”

晚饭以后，我们在 SOHO 楼群之间闲逛起来。建外 SOHO 的白色楼群在夜里格外显眼，这里穿梭的都是些明星达人们，流露出时尚的气息。我尤其喜欢这楼群之间的旋转木马，即便它常年都是静止的，但是因为它驻足在繁华的都市之间，或多或少带有一些回忆和憧憬的意味。

经过旋转木马的时候，我看见 MARK 牵着一个女人朝这边走过来。还没等我反应过来，孔灵便冲了上去。MARK 牵着的这个女人正是我上次在世贸天街碰到的那个。再仔细一看，原来是最近蹿红的歌星肖静。孔灵问 MARK 这是怎么回事？MARK 一副苦楚既而铁石心肠的表情对孔灵说："我们分手吧，其实我很早就想告诉你了，但是怕你……"我本来以为孔灵会上去给他俩一人一巴掌，出乎我所料的是她没有，她点点头，走了。我跟在孔灵的后面，想好好陪她，安慰她，孔灵却说："你别管我了，我打车回家，我需要安静一下。"我对她说，"这样吧，我把你送回家我就走"。孔灵疲惫地点点头。

计程车上，她目光呆滞地看着前方，她的眼睛里空洞无物，我相信此刻她的大脑正如她的眼睛一样空洞。我想起来黑泽明在他的自传里的一句话：人是可笑的，过分受惊时，头脑的一部分会脱离现实，想入非非。而我不知道孔灵在想什么，我有点诚惶诚恐。

晚上我做了一个噩梦，我梦到了孔灵和 MARK。

她拿着一把削苹果用的小刀，刀上还雕刻着他俩的名字。刀上的花纹独具匠心。

她又来例假了，每一次她都会剧烈的痛，撕心裂肺的痛。她害怕，恐惧，觉得自己将要死去，因为她看到了流血。

这一次，他没有抱她，所以她才会觉得更加的恐惧，比死亡更加让人窒息的恐惧。

她用那把属于他俩的小刀刺向他，她看到他也开始流血，于是她说：我们要一起流血，我们要一起……

一觉惊醒，我有点担心孔灵，于是给她打电话。电话响了许久，当我正准备挂电话的时候，她接了电话，声音憔悴沙哑。我告诉她，我想过去找她，她答应了。

孔灵穿着纯白色的睡衣，以前我从没注意过她睡衣的颜色，而今天这睡衣的颜色在阳光的照射下白得吓人。她面色惨淡，头发凌乱。

我们俩坐在沙发上，我问她："你们究竟怎么了？毕竟是四年的感情。"

孔灵说："MARK 昨天晚上回来收拾行李，告诉我说，他依然爱我，只是他受不了贫穷的生活，如果靠他的工资在北京买房，估计要等到十几年以后。"

我对孔灵说："他以前不是这样的人啊，如果是这样，他一开始也不会选择和你在一起，不是吗？"

孔灵说："这个社会太现实，人是会变的。"

我离开了孔灵的家。门关上以后，我在她家门口站了一会儿。我听见孔灵歇斯底里地大哭起来，本来想再次进去抱着她，安慰她。可是此刻我犹豫了，人在发泄的时候是需要独处的，此刻我的心也痛了。一时间，我感觉这个世界上所有的人都在失恋，这大约是个失恋的季节吧。

这两天回味一个人对我说的话，“我们每次伤心的根源在于我们害怕孤独”，一语中的。如果人不害怕孤独，那么上帝为什么要创造出这么多的人呢？

我在网上看网络小说，一个妓女写的，她说：为什么12生肖里有鸡没有鸭，说明人们还是很善待鸡的。一个老套的问题：这个世界上是先有鸡还是先有蛋？一个最新的问题：这个世界上是先有鸡还是先有鸭？我觉得是先有鸡，鸭没有什么脑袋，跟着鸡学。

这个妓女写了很多关于自己工作的真实过程和感受。我脑海里突然冒出一个奇怪的问题，这个世界上会有妓女把妓女这项工作当做一个梦想，一份事业去做吗？这个想法很变态，也许只是在社会制度道德的制约下显得变态，如果人类再诞生一次，在没有束缚条约和道德标准的时空里，又有什么不可能的呢？

最近，我一直在重复这样的工作，上班，下班陪孔灵，回家写小说。一周过去了，我以为孔灵有所好转，我告诉她去拍新片吧，这样可以分散注意力。孔灵推掉了新片，她告诉我，她忍受不了现在的生活，她害怕一个人的夜晚，每天早上醒来，她都觉得自己像死去一样，置身于地狱中。孔灵说她要采取行动。我很担心孔灵会做傻事。

大约有一个多月的时间，孔灵都没有和我联系，我给她打电话，她那边总是占线或是关机。这天张小楠带我去鹿港小镇吃冰，意外地遇到了孔灵，让我更觉得意外的是，她旁边坐着的是 MARK。他们非常亲密地坐在一起吃东西，有说有笑。我有些疑惑，上去跟孔灵打招呼。孔灵叫我们过去一起吃。虽然我内心有一百个疑惑，但是还是极力控制住，用一种假扮的完美演出和他们一起吃完了这顿饭。晚上我给孔灵打电话，孔灵告诉我她怀孕了。我诧异地问她是怎么回事，她说："我真的离不开他，整整四年的感情和习惯，离开他我就好像少胳膊缺腿，虽然我知道我这样做很不理智。"孔灵告诉我在她排卵期的时候，她要 MARK 来拿最后一件东西。"我抱住了他。就这样我怀上了他的孩子，我要留住他。"她的语气十分坚定。

此刻的孔灵，我不知道是应该恭喜她还是怜悯她，但是我的心却有些隐隐作痛。倘若爱情果真能为金钱屈服，那么它也会为别的东西所屈服。不过这样看来，它已经不能称之为爱情了。孔灵的痛就是我的痛，孔灵的无奈就是我的无奈。而我此刻心却是空空的。

晚上我做了一个梦，梦里没有别人，只有自己。我来到一个房间，房间里挂着一幅旧画，我感觉自己就是画中的孩子，坐在中世纪的欧式摇椅中，涉世未深，眼神安逸。

这是一个光秃的城市，树木较少，林立的都是些方块一样的楼群。我走出门，觉得背后的风携着一股巨大的力量在推着我走，这种感觉很美好，觉得有依有靠。一旦我背过来行走，马上会觉得很痛苦，刺骨的寒风会像刀割一样扫在脸上，所以我一直不敢背过来，如果需要回头，我宁愿倒着走。这也正如爱情，让你有依靠的爱情，一旦反目，一定会伤害你。倘若风平浪静，既没有依靠感，反过来也没有痛苦的感觉。

北京是个很奇特的城市，风是带着温度的。此时的我，因为和张小楠接触频繁便开始对其产生好感，不知道这是否就是传说中的日久生情。因为他每一次对我的细心关怀和无微不至的照顾都让我觉得幸福快乐。我再次应了张小楠的邀请。

他今天一大早就来我家接我，说带我去一个神秘的地方。大约一个小时的车程，我们来到一个郊区的楼盘“欧洲风情”，这里出售高档的独立别墅，300 平方米的别墅，每栋表现的都是不同的欧洲国家风情，绝无重复。样板房的装修十分精致，每层楼都是一种装修风格。大理石隔板，法国著名设计师菲利普斯塔克设计的艺术家具。儿童房像梦幻的城堡，电影室仿佛电影院的 VIP 房，户外烧烤室的 BBQ 很现代，就连保姆房都比我现在住的房子要好很多。室外的爬墙虎蜿蜓伸缩，我已经嗅到中世纪资本家的味道，弥漫在欧洲中产阶级的情节里。张小楠牵着我的手，问我喜不喜欢？我木然地点点头，但是我分明知道自己的内心里没有一丝快感和幸福，我莫名地冒出一些奇怪的想法。这种想法说出来没有人会相信，我觉得倘若我和张小楠结婚了，我的下半辈子便将被囚禁在这样一个奢华的大房子里。因为得到了物质，我会变得没有斗志，没有追求，甚至会放弃我原先计划去做的事，我开始变得胆怯。接着张小楠又带我看了几处别墅，我都麻木不仁，心不在焉。他问我最喜欢哪一套时，我想都没想地说，第一套。也许当时在我脑海里我也只记得第一套。

因为今天参观别墅一事，我仿佛明白了一个道理：原来赚钱是人生非常重要的一个环节。而当自己还没有付出努力便得到财富和享乐的时候，我似乎觉得我的人生就失去了乐趣和意义。用一句下流的话来诠释就是：太容易得到金钱和名利和射得太快一样，兴奋总是那么的短暂。这种追逐金钱的过程似乎基本上是属于男人的，而我却对这种追逐特别着迷，感觉自己似乎正在变成一个男人。

第二天的下午，张小楠约我吃饭，在饭桌上他递给我一把钥匙并深情款款地对我说，我买下了昨天你喜欢的第一套别墅。我对他的举动不知所措，他已经向我发出最后的冲锋号。情急之下，我把内心的想法一五一十地都告诉了张小楠。他拉住我的手说：“你错了，谁说有钱了，人就没有了目标。俗话说，创业难，守业更难。而且，有了钱，你也可以去做你自己想做的事，还可以去做慈善事业。”

“问题就在于这些钱不是我的，那是你的。”我的表情有些不屑。

“等我们结婚后，我的就是你的。”他的表情却很殷勤。

车开到我家楼下，我把钥匙还给了张小楠。他有些失落，朝我挥了挥手，叫我注意身体。此后他依然不抛弃不放弃地请我吃饭，我也依然赴约。在一次吃完饭后，他并没有送我回家，而是把车直接开到了他的公寓。他说要我晚上陪他。他抓住我的手，强吻我。我推开他拦了辆计程车回到了住所。这次我发现的不是自己的正直与清高，我发现的是自己并不爱他。而这种反应也和我的上段感情有着直接关系。自从和夏风分手后，我几乎觉得男人追我都是为了和我上床，之后都会把我甩掉。这是一种内心潜意识的自我暗示在起作用。人们的每段感情都和前一段感情息息相关，生活的每一秒都和上一秒不能分离。正因为如此的种种牵连，才造就了人生，我们都被经历所组成。也正因为如此，才有众多的恋人会感慨：在错误的时间遇到对的人，在对的时间遇到错误的人。其实痛并快乐着才是人生的真谛，永远的痛和永远的快乐都是一种不完整的生命，当然这样的生命也基本上不存在。我们所选择的常常是我们所喜欢的，所期盼的并潜意识认为那是幸福快乐的。然而，当我们获得了我们的选择后便会发现，依然是痛并快乐着。只是因为在做出选择的时候那一刻你是快乐的，所以才做出了那样的选择。我也常常会想，倘若我去选择那些我并不喜欢的东西，我就一定没有快乐吗？答案同样是否定的。我依旧会得到快乐。所以我也一直在给自己勇气去做另一番选择。正所谓塞翁失马，焉知非福。我开始觉得人生并非是用好坏的标尺来衡量，而是用时间的标尺去衡量，时间才是造化的主人。

和张小楠彻底断绝了来往后，我的一位同性朋友咪咪为我大为惋惜："一个对你专情的富二代就这样被你拱手相送，你知道有多少小女孩趋之若鹜吗?"

"穷人和富人在生命面前是平等的。再有钱也只有一次生命，再有钱该死的时候还是得死。"我感叹着。

"亲爱的，你好像有仇富情结。"咪咪看着我。

"我这不是仇富啊，是忽视。"我并不反感有钱或者有钱人，只是钱在我面前不是炫耀的资本，没有诱惑力。

咪咪开着他家款爷给她买的 Z4 带着我兜风散心。而我依然是那个没房没车的北漂族。我和咪咪的选择不一样，但是我并不反感咪咪。也许你会觉得我的灵魂高尚，而咪咪灵魂卑微。可是我告诉你，你错了。我们只是做了不同的选择，也做出了不同的牺牲。我牺牲了那笔不属于我的物质享受，而咪咪牺牲的也许比我还多，她牺牲了她真实的感情和欲望，甚至牺牲了她的脾气和自由。另外还有一个最大的牺牲便是身体上的。她的款爷已过不惑之年，正如某项调查表明，中国女性七成以上从来没有享受过高潮。这样想来，也许我更自私，更自我一些。我的自私超越了虚荣，而咪咪的虚荣超越了自私。这么看来，任何人都不存在高贵与低贱之分。而我们所看到的正面形象或者反面形象，上流社会或者下流社会，都是经过包装或者伪装了的。

# 假怀孕

在陪孔灵去往医院的路上，孔灵叫出租车师傅把车停在了潭柘寺门口。

“亲爱的，来这里干嘛啊？”我疑惑地看着孔灵。

“最近运气比较背，我想来这里拜拜佛。”她抬起头，看着潭柘寺的门楣。

“想不到你还挺迷信的哦。”我跟在她的身后。

“我以前也不信这些，后来因为拍戏去了一次泰国，我就信了。”

孔灵接着说：“北京有句谚语说‘先有潭柘寺，后有北京城’、‘先有潭柘，后有幽州’。这里的香火算是比较旺的吧。”

我不信宗教，我更相信世界规律。在孔灵许愿的时候，我的内心一直念叨：我什么也不祈求。拜完菩萨，我便和孔灵来到了医院。

妇产科和每一个科室一样，一样的陈列，一样的装修。男人和女人，年轻的，年长一点的，有的挺着肚子，有的平着肚子。B 超室外，男人陪着女人，B 超室内，女人平躺着。折射着 B 超室外男人们不同的心情，期待的，开心的，担忧的，心事重重的。

妇产科的灯光暗淡，进去的时候你会听到婴儿的啼哭。产房离太平间又是如此的近，似乎在暗示着什么。人生苦短，漂泊的日子却太长。我陪着孔灵去做检查，却得到了晴天霹雳的消息。医生说孔灵内分泌失调，不可能怀孕。我问医生，可是她之前已经怀孕了啊？医生却说那是假性怀孕。孔灵因为两个月没来月经，用测孕纸测出自己怀孕了。医生说测孕纸也有不准的时候，而她两个月没来月经，就是因为内分泌失调造成的。

医生说孔灵需要治疗。孔灵二话没说要我送她回去。她的反应有点过分的冷静，冷静得让人窒息。晚上回到家里，我给孔灵打电话，关机。我有点担心孔灵，于是给 MARK 打电话，MARK 让我放心，说马上去孔灵家。

我不知道孔灵在佛祖面前许下了什么愿望，我也不知道这样的结果是太灵验还是太不灵验了。我只知道也许这样的结果对于孔灵来说是巨大的打击，但是也许对她的将来会有莫大的帮助。倘若她就这么怀上了孩子，结婚了，我都会为她觉得不值。婚姻不是坟墓，不是挽留，不是赌气，它应该是水到渠成的。

几天以后我给孔灵打电话，依旧关机。我打电话给她的经纪人，经纪人说她请了病假。我到孔灵的公寓，房东说她搬了家。我问房东，搬到何处去了，房东说，不知道。于是我又给 MARK 打电话，

MARK说，他也一直找不到她。我四处打听孔灵的消息，连分手一年多的夏风，我都没回避地去找他打听。夏风接到电话说，一直没见孔灵回剧组，继而又说想和我见个面，我应允了。

我们约在我家附近的MR PIZZA见面，他还是老样子，带着坏笑的帅气。他问了问我最近的状况，找到男朋友没，我告诉他，刚拒绝了富二代。

“不会吧，这天下掉下的馅饼你也放过?”他习惯性地把头发往后甩。

“我消受不起。”

“也没说给我介绍一富婆。”他又开始坏笑。

“怎么你改行了啊?”

“没有啊，现在演员这行不好做。”

“有那么艰难吗?”

“现在片子不好接，中戏北影，还有其他学校影视专业的那么多学生毕业，就等着这每年的几十部戏，今天跑这个剧组，明天跑那个剧组。一年接不到活，每天都还要消耗。搞不好还要被潜规则一下。”

“你们男演员也要被潜规则?”我看了他一眼。

夏风边坏笑边看着我说：“男演员被女导演潜规则啊，要么就是被男同志导演潜。”

我不屑地笑了笑，觉得自己很强大，这种强大在于我们的聊天气氛完全不像曾经有过感情纠葛的人。“我变了，我不再是以前那个我了。”此话我觉得不像出自他口。他接着说：“在离开你的那段日子里，我总是想到你，我强迫自己不去想你，但是我还是做不到。”他眼神很执著，而在那一刻我似乎忘记了他是一名演员，很专业的演员。

接下来的日子里，他又开始每天给我发信息和打电话，我知道男人除了享受欲望的满足，还享受那种追求的快感，所以每个男人天生都会追女人。

孔灵的失踪对我来说是一种打击。我觉得身上好像少了一个器官，继而对社会的感知变得麻木。某日晚上回家，过马路的时候，有那么一个时刻，我站在十字路口，不知道路该怎么走。周遭车灯闪耀，我感觉总有一辆会撞到我。

回到家里，我突然想抽一支烟。我没有抽烟的习惯，就像没有打耳洞的习惯一样。但是突然我想，只是想而已，我不会去抽。很多写作的女人抽烟，一开始大约是因为周遭的环境和提神的作用让人想抽烟，于是就抽了。而后抽烟变成了她们的一种招牌，以此告知人们，她们是有思想的一群。我对这种昭示不屑一顾。

我不会去抽烟，毕竟这不是什么好习惯，无论对身体还是对心理。

我经常一个人去我和孔灵以前常去的夜店 COCO。我端着酒杯，似乎看见孔灵在舞池中跳舞，似乎看见她走过来向我打招呼，顿时内心无比的寂寞。我不是个爱喝酒的人，却也已开始习惯把自己灌醉，夜店遇到的熟人和我寒暄，问我是不是失恋了？我笑笑。走在世贸天阶和西单，我也会想起和我一起逛街血拼的孔灵。我觉得自己变得孤寂，或者应该叫做变得热爱孤寂。

有人说孤独的人是可耻的，我却不敢苟同。我对孤独的人顶礼膜拜，持续拥有孤独的人，才是有人格魅力的人。我发现自己越来越瞧不起身边的人，然而那些人又都是我的爱人、朋友、亲戚。我知道自己打生下来就清高得要命。这些让我瞧不起的人们，我又是如此的喜欢他们，以至于我要离开他们。否则我会融入他们之中，让自己瞧不起。

因为发自内心深处的寂寞和孤独，我再次相信了夏风。我觉得这种相信完全来自我对于孔灵的爱。或者说是孔灵的离去，使我迫切地希望用一件东西来弥补。当我躺在他怀中的时候，我觉得自己相信了他，相信了他的改变，相信了他的一切。

夏风穿衣服的时候对我说：“我给你讲个蝎子与乌龟的故事吧!”

我平静地回答道：“好呀。”内心带着几许疑惑。

“蝎子要过河，看见河中的乌龟，说让乌龟带它过河。乌龟说，你会蜇我的。蝎子说，假如我蜇你了，我也会掉进河里淹死。于是乌龟托着蝎子过河，在游到一半的时候，蝎子蜇了乌龟一下。乌龟问，你明知道我们都会死，为什么还要蜇我？蝎子说，这是我的本能。”

他接着说：“我是不会对女人动真感情的，我的世界里只有事业和赚钱，在我事业没有成功的时候，我什么都不会去想。”

我顿时从幻觉中清醒过来，这些话似曾相识。出乎我的意料却也在我的意料之中。我对夏风说：“你以为我还是从前的我吗？这个世界上不是只有男人需要单纯的欲望满足，女人也需要。谢谢你的配合。”

夏风背对着我，朝我瞥了一眼。

“我也给你讲个故事吧。第二次蝎子又过河，又看到一只乌龟，乌龟知道蝎子的本性，于是说，如果你能拔掉身上的毒刺我就托你，蝎子拒绝了。蝎子在河边寻找着心肠软的乌龟。有一只乌龟为了报复蝎子答应托它过河，乌龟刚托起蝎子，就把蝎子丢到了河里，然后游走了。”

我继而说：“自从我们分手后，我变得豁达多了，心态也很好，仿佛从此以后再也不会受到伤害。”

“别说了。”夏风的语气有些懊恼。

临走时，我对夏风说了声“拜拜”，他什么也没说，关上了门。

听着门关上时的哐啷声，我觉得整个世界都安静了。其实故事的结尾是：蝎子掉进水里，在水里挣扎，乌龟游过去把它救了起来，本只想给它点教训。结果在救它的过程中，蝎子蜇了乌龟的脖子。乌龟临死前问："为什么不知道悔改呢？"蝎子说："因为本性难改！"

有那么一个时刻，我的脑袋是空白的。想着自己刚才说出的那番话，眼泪热烈地从眼眶里喷涌而出。意味深长的是，我知道泪水里包含的不仅是伤感，更多的是一种蜕变，就好像桑蚕破茧的热烈。我注意到自己的变化。我伤感的情绪只在我的内心里停留了不到一刻钟，之后我便睡着了。

第二天早上起来的时候，我变得更加的坚强。此刻我似乎明白了一个道理，人都是活在自己意识里的动物。当你认为那不是一种欺骗的时候，它也就不是一种欺骗；当你认为那不是一种伤害的时候，那也就不是一种伤害；当你认为那是一种满足的时候，它便是一种满足。

# 富豪俱乐部

“机会只给有准备的人。”天上不会掉馅饼，当一个人取得了一定的成功，你把它完全归结为幸运，那是唯心主义。

奇迹就是，你相信它就会发生，你不相信它就不会发生。这并非唯心主义，而是你相信它，你就会付出超能量的努力，从而离它更近；你不相信它，因为内心的否定，付出也会减半。

在经过 11 次退稿和修改稿以后，我的小说《变男》终于出版了。在这之前，我也是备受打击的。就在小说怀孕一年、难产一年的情况下，我做出了“剖宫产”的决定。我在投稿的时候，给出版社写了这样一段话：“出版社怕投资新人赔本，而往往作家最好的作品是在出名前。出版社爱投资大众喜欢的题材，那么这个时代的文化思想如何进步？出版社应当超前于大众的思维，扮演引导人们文化思想的角色。”

母亲看见我屡试屡败的投稿过程，对我说：“孩子，我并不是想拖你的后腿，现实和理想是有很大的差距的。一年多了，你人不果腹。你还是应该找个稳定的工作，找个男人嫁了，忍辱负重总会熬出头。”

在母亲那代人的眼里，朝九晚五、结婚生子是最成功的生活状态。我能够理解他们，然而他们追求的是什么？他们儿时的梦想呢？如今我和从前的同学聊天，他们经历了社会的一点点磨砺和打击，从前那些信心勃勃的人变得没有斗志，心灰意冷。他们的心态已提前老去，而我却依旧信心满满，我不是一个那么容易被击垮的人。

母亲的话并没有说服我，我思考得更多的是自己的存在性，等我丢失人格地做一些违心的事情熬出头以后，我又在扮演曾经扼杀我正直和自由的那些人的角色去扼杀别人。这个世界，很多人委曲求全是为了将来享有特权；享有特权时，必然会让其他人委曲求全，然而这样的恶性循环不是我想要的生活。

周围的朋友也一再劝我放弃小说，把它当业余爱好。可是我偏偏喜欢码字这项工作，你手下的字一个个真实可靠，而你面对的人却不如手下的字可靠。我执著地投了11家出版社，终于熬出了头。在我小说出版的那段时间里，我忙得不亦乐乎。我忘记了失去孔灵的寂寞，忘记了夏风小丑般的出现。接受报社、网站的采访，接受专栏、开通博客的邀请，以及和片商洽谈改编剧本的计划。一时间美女作家的头衔开始戴在我的头上。我在各大网站开通了博客和微博。网络世界是个很随心所欲的世界。我经常会上去看看网友给我的留言。留言基本上分为两类，一类是恭维你的，一类则是辱骂你的。无论是恭维还是辱骂，我都觉得很正常，也没有刻意去删掉其中的留言。这是人存在的必然性，另一种必然性是人都喜欢听好听的。这是为什么呢？我有时会躺在床上胡思乱想：人有没有可能会爱上每天谩骂自己的人？为什么就不能呢？

MSN 上有人加我，和我聊了聊我的小说，继而又恭维我如何如何的美丽。连续两天他都主动找我聊天，当我问及有关他的问题时，他都顾左右而言他。此后我干脆置之不理，终于他抛出了实情：他们有一个会所叫富豪会所，专门介绍美女认识富豪等成功人士。我问他是专门帮麻雀变凤凰的吗，他说是帮麻雀变喜鹊的。我告诉他我对这个不感兴趣。他却告诉我说，有一个富豪对我很感兴趣。听他这么一说，我对此富豪也感起兴趣来。我想自己大概有一种窥探症。我的态度来了个一百八十度大转弯，告知对方同意见面。于是，另外一个 MSN 弹出来加我，我点了接受。

对方和我寒暄半天，约我晚上见面，我抱着“不见棺材不落泪”的决心欣然接受。

电话响起，我拿起皮包下楼，一辆银色宝马 745 停在我家门口，我的第一感觉便告诉我，应该就是这个人，从而对于他的外形产生了强烈的好奇。我走上前打开车门，一位看上去很儒雅的中年男人映入我的眼帘。在他的座驾上，我很客气地与他寒暄，两人都心照不宣。经过一番闲聊，我知道他是某知名上市公司的董事长。

他带我去看了一场音乐会，我们两人都憋着一股劲，看谁先打开这所谓的天窗。他却一直很绅士地只字不提，和他的老练相比，我终于还是城府不够。在送我回家的路上，我忍不住地提到了这个会所。他告诉我说，这个会所是一个朋友带他进去的，后来发现会所里都是些乱七八糟的事，就没怎么搭理。今天会所又给他发照片，他一眼就看到我的照片，觉得看上去特别纯净和舒服，所以就要求把我约出来认识一下，交个朋友。

回到家里，我上线了。MSN 立即弹出一个对话框：“回来了，见面还满意吗？”这是来自富豪会所的消息。

YOYO：满意啊，对方满意吗？

富豪会所：对方非常满意，对方开价 5 万，让你现在过去。

YOYO：昏，今天不舒服，不想去。

富豪会所：好的，我再帮你说说。

打出这几个字时我已经有点不耐烦。

YOYO：不是这个意思，我今天就是不想去。

富豪会所：对方说对你印象很好，可以出一晚上 10 万的价格。

YOYO：100 万都不去。

我开始有点恼火了。

富豪会所：你别在这里装了，我给你发组照片。

我接受了他发过来的照片，是一个外国模特，看上去很眼熟。

富豪会所：这个外模你见过吧，在模特圈很有名，给她2万一晚上她都愿意，你不要把自己看得太高了。

YOYO：我没有啊。

富豪会所：他说实在不行就跟你做普通朋友。

此时此刻，我在想象着刚才那位很儒雅的男士在电脑前猥亵的表情，就好像每当我看到帅哥美女，就会想到他们拉屎的样子，此后，每当我看到儒雅的成功男人，大约也会看到他猥亵和意淫的表情吧。不过这就是人性，也没什么大不了的。只是这样想想会觉得很有趣。

富豪会所：想好了没？

YOYO：人家不是说做普通朋友了吗？

富豪会所：嗯，但应该不是他真实想法。

YOYO：不行你再给他介绍别的美女吧。

富豪会所：怎么可能啊，费用在那里，安排是有限的，怎么不根据条件呢？

看了这几句话，我的怒火爆发了。

YOYO：我TMD的500万都不要，在这里要10万，吃屎啦!!

富豪会所：晕，素质，素质，真难想象美女作家和这几句话搭得上。

看着他敲出的这行字，我开始哈哈大笑。即便让我们吃一堆狗屎，我想这狗屎外面也要涂上一层可口的奶油吧。这么赤裸裸的东西，我想，不到一定的境界的人是接受不了的。

我今天骂人了，用了 TMD 和吃屎这两个不文明用语。撅着屁股说文明用语的女人和在 MSN 上破口大骂的女人哪个更没素质呢？我自我，真实，洒脱，而在当今社会中很多人都是撅着屁股说文明用语的女人，公众形象好的人想必其中也有不少会闭着门干些下流事情。别人的真实只存在于你的推断中，当然这种推断带有主观色彩。所以它有可能对，有可能错。我喜欢看丑陋的东西，应该说我爱丑陋，我希望看到事物背后的真相。

我打开电视看着各种访谈节目，有时候也会幻想那些彬彬有礼、冠冕堂皇的社会名流们在背地里干着那些下流事，从儒雅到猥琐，这些都与相貌无关。想着想着自己开始独自窃笑，觉得很有趣。

而这位姓赵的富豪并没有善罢甘休，通过会所不行，他想依靠自己的努力来满足自己的欲望。他看到了我的 MSN 签名：哪里可以买到一本原版的《神曲》呢？便给我发信息：我朋友给我从意大利带回来了一本原版《神曲》，什么时候有时间我拿给你。

我一直想找到原版的《神曲》，国内没有卖的。在他的引诱下，我也就上了钩，给他回信息：谢谢你，不用您送，卖给我好了。

第二次见面的时候，他变得没有那么儒雅了，我想大约是因为我想象他猥琐的表情想得太投入，所以看到他时，他也就真的变得猥琐。我们去丽兹卡尔顿吃饭，一辆车堵在路口，司机和路人交谈甚欢，我们在后面足足等了五分钟。我愤愤不平地跳下车，走上前问那位司机：“我说您走不走啊？想聊天回去聊，别在这儿挡道。”那位先生瞅了我一眼，把车开走了。

吃饭时，赵富豪对我说：“你这样的女人真的很少见。”

我问：“为何？”

他说：“你这样打扮和行为的女孩真的很难和作家挂上钩。”

我笑着：“我知道您的意思是有文化的人看起来都很儒雅，严谨，条框很多，而我打扮比较时尚另类，看上去像经常去外面玩的女孩。而玩乐女孩大多又不求上进，我却喜欢宅在家里写作。这样似乎看起来很矛盾，是吗？”

那天我穿了一件经常去酒吧穿的小T恤和短裙，搭配鸭舌帽。我喜欢运动时尚风格，怎么看都不像一位作家。我对赵富豪说：“我是个没有条框和约束的人。为什么作家就要看起来知性呢？这又是谁规定的？”

他笑了笑：“我喜欢你这样的性格。”

我很明白他的意图，于是说话更加肆无忌惮：“我觉得你是喜欢我的身体。可是我只喜欢你的灵魂，不喜欢你的身体。”

他由抿嘴微笑变成了哈哈大笑：“你说话可真够泼辣的啊。为什么说什么你都能扯到性上呢？难道你很渴望性吗？”

“没有办法，这个世界的人际关系就是源于性。就例如我和你的认识，如果不是有性渴望的趋势，能认识吗？”

“小小年纪，你都经历过什么啊，说话就这么老成。你现在有男朋友吗？”

“没有，没有适合我的男人。”

“你应该找个有钱的男朋友，你看我如何？”

“您这把年纪应该早婚了吧。”

他接着说：“结婚没结婚不影响谈朋友。我结婚十年了，之间还谈过三四个女朋友。不过我和我那些女朋友是有真感情的。”

“那您对您老婆是什么感情？”

“我老婆像我大姐姐一样照顾我，我们相敬如宾。”

听着他的这番话，我不免忧郁起来。人生啊，可怜的人生。曾经因为激情、相爱而走到一起的夫妻，最终转换成了所谓的亲情，但是无论如何，听起来都是可悲的。我想象着几十年后我的老公也会在外面勾引或者意淫小姑娘，不觉毛骨悚然，与其这样，我还是去精子库里买精子吧。这样一想，我不自觉又乐了起来。

“您老婆年轻的时候肯定也被老男人意淫过。”我一出此言，他便皱起了眉头，也许那一刻他也在想象自己老婆被别的男人勾引的情景，但是这种想象只在他大脑里停留了那么几秒，他更在乎的是眼前的得失。

当赵富豪把《神曲》递给我的时候，他说：“我真的很喜欢你。”

我撇着嘴笑了笑问道：“你是喜欢和我上床吧?”

他说不是，“你是曾经被骗过吗？怎么感觉如此的敏感。”

我说：“没有，我从来没有被骗过。骗究竟是什么我都不知道。”坐在副驾驶上，我侧过头悄悄地对赵富豪说：“给我10万我们上床如何?”我迷离地看着他。他停顿了一会儿转过头看着我的眼睛点了点头。我既而又问：“给我10万我不跟你上床如何?”他先是一愣，后来笑了起来，我把书钱扔在他的车上，下车拦的士回了家。

# 第三次亲密接触

我喜欢这两天北京的天气，有点冷，让我觉得夏天已经过去了，每年可怕的夏天。夏天一过去，整个人仿佛嗅到了恋爱的味道，即使单身也觉得很幸福。这种冷冷的感觉让我觉得似曾相识。

时间过得和数钱一样快。而在这漫长的单身生活中，你总觉得自己缺少点什么。即使事业前途光明得让你一度觉得很繁忙和充实，但是因为缺少爱情就仿佛五位元素里少了一位元素。

在孔灵离开大约半年以后，我又开始喜欢去酒吧。每到晚上我都会睡不着，除了写作我会选择去酒吧跳舞。都说酒能消愁，却并不适合于每个人，我觉得跳舞能消愁，一种比酒来得更加浓烈的眩晕。我喜欢去 SHOW，喜欢它坐落于楼阁的中间，一半现代，一半古典，恰如一半火焰一半海水。SHOW 门口的那一排火焰正如每一份燃烧的激情。正是在这个酒吧，我再次遇见了孔灵，见到她的那天我始终没有认出她来，只觉得这个女人的一举一动似曾相识。她的穿着略带风尘，出奇的性感。当她转过脸来我确定此人就是孔灵的时候，胸口立刻涌上一股急流，这股急流促使我想上前一把把她抓住，问她一万个为什么。

但是我的行为再次没跟上情绪的步伐，我依旧坐在对面的吧台上。孔灵穿得很性感，一件 ZARA 的紧身亮片裙，低胸低到乳沟以下，头发微卷，举手投足之间有些魅惑。我开始变得胆怯，躲在吧台的一角，看着他们的一举一动。孔灵和一个男人跳着舞，时而倒在他的怀里亲吻着他。我仔细瞅了瞅才发现这个男人不是别人，正是周振羽。很晚的时候，我眼看着他俩开着 R8 离开了酒吧。至于去哪里了，我不得而知。

我的脑袋一阵眩晕，因为我看到的孔灵已经不是原来的那个孔灵。她变得妖娆而风尘，眼神里填满了玩世不恭。自此以后，我基本上每天都会来这个酒吧，我相信我会再次遇到孔灵。

一个星期后的周末，我终于等到了她，这次和她一起来的是另一个男人。孔灵和这个男人依旧是喝酒、跳舞、亲吻。她魅惑的表情里流露出坚毅。我终于被自己的疑惑所打败，走上前去，拉住孔灵的手，她抬起头看着我，我俩的对视足足有一分钟，她继而凑到我的耳边说：“你等我一下。”她身上浓烈的 CHANLE 味道刺住了我的鼻子。她走过去在那个男人的耳边嘀咕了几句，拉着我走出了酒吧，我们在 SUHO 楼里找了家咖啡店坐了下来。

“你这一年都跑到哪里去了？为什么不跟我联系？”我有些迫不及待。

“悠悠，不好意思，那段时间，我没有怀上孩子，我知道他会离开我，我就想一个人去完成一件事。”

她说她要一个人去完成从女人到男人的蜕变。她说她现在变得很强大。她说她现在和男人睡在一张床上，第二天早上都可以叫他们滚，任凭那些男人给她打电话她都不予理睬。她告诉我，她不再是一个容易被感情伤害的弱女子。

我看着现在的孔灵，短短一年的时间，她的确成熟了，老道了，眼神里充满着无比的坚毅。孔灵点燃了一支烟。她的手有些颤抖，烟圈从她的嘴角溢出，像跳舞的孩子。

“悠悠，在这一年里，我唯一经常想到的就是你，你就好像世界上的另一个我。”

“那你为什么不和我联系？”我问她。

“我想，但我不敢，我们在一起的日子有太多关于他的回忆，我需要抛开一切才能如桑蚕破茧一样蜕变。”她的表情很淡然。

我有些激动，想起了我思念孔灵的那些日子。

“你知道吗？我想念你的程度大概比你想念我的程度深，夏风抛弃我给我的打击远远不及你的离开。”

孔灵激动地抓住了我的手：“我能体会得到。”

“这一年你都干嘛去了?”我有点情不自禁。

“我在拍戏，同时也在调查肖静的一些背景。很巧的是，上次公司让我们去见的那个投资人就是肖静之前的老板，原来肖静是因为有他的力捧才会这么红。他是个内地商人，一直居住在香港。”

孔灵继续说：“周振羽包养肖静有两年之久。肖静自从和 MARK 好后，经常在北京待上两三个月不回香港，周振羽不想再捧肖静，他从香港过来是专门挑选内地的新人到香港去发展，去捧红。”

“这个世界真的很小。”孔灵感叹道。

“你的意思是，你想成为那个人吗?”我有点怀疑。

孔灵回过头来，坚定地看着我说：“没错，这个世界上还有什么可以靠得住呢？感情？男人？那是扯淡，只有名与钱是可以被你牢牢抓住的。”

我惊异地打量着孔灵，我觉得她真的变了，而我始终不认为她变强大了，她的强大似乎是建立在某种脆弱上的，一点也不牢靠。

“孔灵，你知道什么是真正的强大吗？强大是无论我们经历了什么，都无法改变我们内心最原始的东西，无论我们经历了什么人，他们都无法改变我们本该进行的人生轨迹。这才是真正的强大。”

“悠悠，我知道我说不过你，你大概也没有办法理解我。以前我和你一样，也有很多的美好幻想，幻想有一天世界会按照我们的想象展开。但是事实不是这样的。这么多年来，我的演艺事业没有一点进展；这么多年来，我以为我会和他结婚，到最后我却什么也没有得到。你体会不到，那一刻我的心整个都空了，我觉得我活在这个世界上就是行尸走肉……”说着说着，孔灵的眼睛开始新陈代谢，美丽犹如露珠一样的水滴滑过她的脸颊。她故作坚强地侧过头抹去泪水。

那一刻我很想拥抱她，但是我知道无论我做什么都无法改变她的决定。

孔灵从她的皮包里翻出了一本书：“悠悠，我喜欢你写的小说，我一直带在身边，没事的时候总要翻一下。”

我看着自己的书，有一种陌生又熟悉的感觉。在生活中，每个人都在抒写着自己的故事。而真正的生活都不是只有一个故事，它们都是由一个又一个的故事串联起来的。而每一个故事都和上一个故事息息相关。小的时候，每次我和父母或同学看完电影，我都会问后来怎么样了，没有一个人回答我，他们只是哈哈大笑。很多电影的结尾是留给观众去想象的，而结果观众基本上不会去想。长大以后，我依然会问这样的问题，朋友们觉得我愣头愣脑。于是我便想到小学的一个男生，他名叫小亮，特别喜欢问为什么？总是逮住老师就问，直到把老师问得冷汗直冒。当时学校里流行一个整人的游戏，说是问你知道世界上谁最喜欢问为什么，倘若你说不知道，我就会说答案是猪，正常情况下你便会问为什么，这样你就中套了。但是，当这个问题问到我们班同学的时候，我们班同学的回答都是小亮。正因为如此，这个整人游戏在我们班是无效的。小亮很喜欢我，大家都知道。我想大概是因为我和他是一类人吧。

在这样一个大千世界里，总有一部分人被认为是异类，甚至是傻瓜。天才和疯子之间只有一步之差。但是问题在于有一部分疯子被送到精神病院，被治疗好了，所以无法成为天才。我想差别就在这里。也许你会跟我说那些被治疗好的疯子其实天生就不是天才，天才是无法被改变的。

这让我想到另一个故事：越战期间，男子穆司提每晚都点着一根蜡烛，站在白宫前表达反战立场。在一个雨夜，他还是手拿蜡烛站在那里。一个记者问他："穆司提先生，你真以为你一个人拿着一根蜡烛站在这里，就能改变这个国家的政策吗？"穆司提回答："喔，我这样做不是想改变这个国家，而是不想让这个国家改变我。"

我回到家里，看着微博上对自己小说的评价，争议颇大。有的人说《变男》不该称之为小说，因为没有一个完整的故事；还有人说这是一部奇怪的小说，没有特定的线索和主线。有一条留言吸引了我的注意，他说我的小说看起来很亲近，真实得就好像是生活一样。署名是蛰伏。他和我的网名一样。

我加了这个博友为好友。我们开始在网上发私信讨论这部小说。我查了查他的资料。他是成都人，名叫彭韦熙。渐渐地，我们由网络转为电话，也由小说转为聊些生活琐事。他是一个很幽默的人，总是让我的生活充满了笑声。

蛰伏男：你寂寞吗？

蛰伏女：不寂寞，我看是你寂寞吧？

蛰伏男：是的，我是很寂寞。

蛰伏女：有句名言叫做：寂寞的人是可耻的。

蛰伏男：你是不甘寂寞，我是甘于寂寞。

看着他的这句回复，我有点无言以对，却又窃笑连连。

蛰伏女：油腔滑调，像个小痞子。

蛰伏男：在大作家面前我是小痞子，在小痞子面前我还是大作家呢。

蛰伏女：看来你喜欢和小痞子同流合污。

蛰伏男：在死人眼里我们还是死人呢，在蝴蝶眼里人类大概是蝴蝶吧。

蛰伏女：这段话我好像在哪里看过，很有意味啊。

蛰伏女：你很强大，我说不过你。

蛰伏男：你包容了我的强大，所以你更强大。

一个多月了，我不知道他长什么样子，每天靠敲打键盘和电话声波传递着我的心情，在这种看似互相对攻和奚落的文字游戏中，我知道我们都很热烈，仿佛有一股巨大的力量将我吸附。

周末的下午，我和孔灵相约在后海喝酒。关于后海，我一直觉得这个名字颇具幽默感，也许是因为北京缺水，居然能把一个小水塘叫海，那西湖岂不是要改名叫西洋了？不过后海的氛围确实不错，古色古香，有一些水的渲染，空气也变得清新起来。我们去的依然是我最爱的七月七日晴酒吧。紫色和粉色的装饰搭配让我觉得仿佛待在自己的家里一样温馨。我问孔灵今后有什么打算？孔灵说她可能要去香港发展了。

“是和周振羽一起去吗？”我问她。

“是的，他说会把我捧红。”孔灵拿出唇膏在嘴唇上涂了涂。

“亲爱的，你能把握自己吗？”我对于那一刻的孔灵还是有些担心。

“悠悠，我有一个朋友最近怀孕了，那男人不愿意给她钱打胎，对她说这孩子是野种。你知道为什么吗？”

我摇摇头。

孔灵说：“因为他们是玩一夜情走到一起的，谈了三个月发现怀了孩子，男人要分手。女人却爱上了这个男人，还一直相信这个男人也是真心爱她的。她每天歇斯底里，每天以泪洗面，这是何苦呢？做什么事情都应该具有做这种事情的心理素质。而在我们周围为什么这么多怨妇？因为她们的思想跟不上行为。而我已经确定自己做好了一切准备。”

我看着孔灵坚毅的表情问道："你打算什么时候走呢?"

"下个月底吧。"

孔灵看了看我，眼神有些陌生，便问道："你呢，有没有什么计划?"

"我，我大概又恋爱了吧。"回答她的这个问题，我是略带羞涩的，并且内心知道孔灵会有强烈的反应。

"什么?"孔灵尖锐的目光和语调告示我她的不可思议。

过了一会儿，她说："悠悠，我很羡慕你，经历了这么多，你还有勇气去爱。我想我的爱已经用完了。"一阵微风袭过，一阵凄凉掠过我的耳旁。

"曾经我觉得我们两个像双胞胎姐妹，所以在你离开我的一年里，我好像变成了另一个人，而正是由于变成了另一个人，我才发现我是越挫越勇的。"我抓着孔灵的手。

"悠悠，我觉得北京不是一个适合女人待的地方。女人们，纸醉金迷，钩心斗角，百般诱惑，痛彻心扉。在这里很容易迷失自己，容易变成另一个人。"孔灵显得有些无奈。

"北京究竟是一个怎样的城市，我无法定义。我只知道它和其他的城市不一样。它深邃迷人，同样它也拥有一张欲望大嘴，将人们往里吸。"

在我的生命里，爱人是一种习惯，经历是一种幸福。我想起了孔灵说的话，最近也经常听到周遭的朋友说自己的爱用完了，疲惫了。我却以为爱是用不完的，阅历只是让你将爱和欲望区分开。我还有满腔热情去爱，也有满腔激情去欲望。只是我明白了，我并没有爱过某些人，那只是我对他的欲望。我想占有和得到，直到疲倦。女人也有单纯的欲望。而我爱的人应该有一种特异功能，能让我心甘情愿地停下脚步，将两个单独的人生，融合为一个整体的人生。

一个月以后，孔灵去了香港，临走时她给我发了条短信：悠悠，我觉得我变成了男人。虽然我们选择了不一样的人生，但是我们都知道，每走的一步都是我们自己的选择，出自我们自身的意愿，没有人拿刀逼着我们，没有人拿枪对着我们，这就是幸福。亲爱的，借用《野草莓》里的一句话：你需要活下去并创造生命，我需要死去，永不超生。

孔灵走后，我常常一个人在家打开 CD，听着小野丽莎版本的《玫瑰人生》。我曾多次在电影里听到这首歌曲，这样一首美妙的法国歌曲让人深陷其中。孤独，夜，美丽，这是你在听到它时能够想到的东西，简单却深邃。

# 疯狂女“悠”

“艳照门”出来的时候，很多男性在网络上问我看了艳照没，我始终觉得那是一种挑逗，而我很讨厌这种挑逗。他们这样问，就仿佛他们的大脑中闪烁着我的艳照画面。这很正常，证明他们是一群正常的男人，更证明我是正常的女人。然而他们的这种正常让我很反感，正是这种反感让我洁身自好。

我认为陈冠希用行为艺术的表现手法为我们揭开了人类的遮羞布。这是虚伪到极致的结果，是一个时代的必然产物。如果“艳照门”是行为艺术，那么我认为它不应该叫做“艳照门”，应该叫做“亚当和他的夏娃们”。

朋友问我追求的是什么？

我说，享乐。

他说，享乐怎么理解？漂亮衣服、美食、奢侈品、所有人敬仰的目光、大房子、好车子、一群有钱的生活格调很高的朋友？

我说，这些我要想有早就有了，我现在还在坐公交车，租房子。

吃苦也是一种享乐。享乐不是指的物质享受，真正的享乐是上升到精神层面的。如果你觉得你吃苦很快乐，每天住高档别墅、开高档轿车、面对不喜欢的男人却很痛苦，那么前者是享乐，后者不是。借用一句当今流行的微博经典语句：“Life isn't about waiting for the storm to pass, it's about learning to dance in the rain.”

孔灵走后，我选择了去旅游，我像一只绿头苍蝇一样四处探问好友是否愿意和我同行，结果四处碰壁，好友们不是在谈情说爱，就是为工作焦头烂额。我觉得自己暂时不具备一个人去旅游的潇洒，但是又想给生活留下印记。生命就是个过程，需要用体验来完成。矛盾以后，终于，我决定勇敢那么一次，我放下一切，一个人提起了旅行箱。

旅游，常因为人而忽略景，也常因为景而忽略人。这是旅途中的乐趣，也是人生的乐趣，鱼和熊掌的道理。而一个人的旅游也许才是真正意义上的旅游。

我独自来到马尔代夫，而抵达这里的那一刻我仿佛进入了天堂，到达了另一个世界。一个全新的海底世界在你面前，这里的房子四周都围绕着海，也可以说这里的海都包裹着房子。这种形容很有趣，倘若你是一个失恋的女人，那么可以用前一句形容，你就是房子，男人就是海。倘若你是一个热恋中的女人，那么可以选择后一句形容，你还是房子，你的男人还是海。所以，无论如何，这里都充满着恋爱的感觉。门外是生长在白色沙滩上碧绿的热带植物，紧连着乳白色的沙滩，细腻柔软的沙粒亲吻着你的双脚，温暖的清澈的海水随着海浪抚摸着你的皮肤。再往里走，你可以看见深蓝的海水下就是各种热带鱼，在你四周游动，色彩斑斓，形状各异，自由自在，海风像初恋情人一样亲吻着你的全身。

我住在海边的房子里，早上睡到10点多才起床，起床后独自来到海滩，拿着我的笔记本写专栏文章。这个世界上有这样一群人是我羡慕的，他们独自拿着背包周游世界，每一站都认识一些朋友，留下只言片语。这个世界有多大，完全在于你的脚。“你生活在车子里，而我生活在世界里；你生活在天花板下，而我生活在蓝天下。”有的人一辈子待在一个城市，玩乐，聊天，买房，换车，他的世界只有几万平方公里。我觉得我是中间人，我既离不开固定的城市，却又总想到处走走。有位朋友告诉我说，这种生活方式是欧美人拿来骗中国人的。我曾经问一位法国的朋友是否如此，他说其实欧洲大部分人还是选择结婚生子，过着平凡的生活。而说这句话的朋友他自己却是人在旅途。无论在哪个国家，能随心所欲生活的人都是少数，而这种随心所欲不会与金钱挂钩，而是与人的心态挂钩。

到马尔代夫的第四个晚上，我做了一个梦，我梦见了彭韦熙。起床后，我在海边拿着我的笔记本看了一部法国电影《新桥恋人》。电影里有句台词：“梦里出现的人，醒来时就该去见他，生活就这么简单。”

我时常思考，生命的意义到底何在？我为什么来到这个世上？国人的解释一般是“为了下一代”。如果每一代人都是在为下一代人而活，我不知道当世界毁灭的那一刻，那一代人会不会后悔为什么我这辈子没能为自己而活？生命短暂，理应及时行乐。

我提前结束了我的旅程，乘飞机飞往香港，转机来到成都。从上飞机到下飞机，一直到见到彭韦熙之前，我的心情一直是紧张的，就仿佛整个心脏用麻绳捆绑，被绷紧了一样。而见到了彭韦熙以后，这种紧张就在空气中消逝了。

他到机场来接我，和照片上的样子一样，很瘦的男人，高挺的鼻子。这个男人的眼睛里常带着微笑，而这一点让我记忆尤为深刻。他很细心地接过我的行李箱和行李袋，仿佛久违却默契的恋人。我们开始漫无目的地聊天。他将一张光碟放进车载 CD 机里，是小野丽莎的《玫瑰人生》。正是由于这一点我开始有点着迷，也不知道自己是着迷于他放的这首曲子还是着迷于他。生活中真的有如此巧的事，只要有着这样的千丝万缕，人也许就逃不掉了。

我只在成都待了两天，两天里我们吃了两餐饭，看了两场电影。彭韦熙是一个幽默的人，这让我在成都的生活变得开心并惬意，时间也过得飞快。

回到北京，我依然上网，听歌，写小说。我喜欢待在家里和他在网上聊天，有时候和朋友们相约去旅游。关于旅游，我花掉了我一大半积蓄。

不知道为什么，我觉得自己在一天天地变老。每天早上起来，我都会有种莫名的恐惧感，我在哪里？我多大了？我什么时候死亡？我做了些什么？我已经 25 岁了，有时候我问自己：我愿意回到 18 岁吗？我似乎不太愿意。我仿佛只愿意活在今天。我努力地做着很多人看不懂的事情，是因为我想拼命地抓住青春。青春却要以其他的东西作为代价，这就是人生之可悲却无力挽回的事实。好朋友们都在存钱做嫁妆，或者是为养老而存钱。而我却要把钱用力地花在旅游和享乐上。用力地旅游，用力地吃，用力地买东西，我也一直在告诫自己：你只有一个今天，你只有一个 25 岁，你只有一个青春。

我最近一直在想一个问题，关于古人云的“人无远虑，必有近忧”是否一定正确。倘若一个人每天省吃俭用把钱存着，10 年后来了一场战争，他用他省吃俭用的钱来逃生，比那些没有储蓄的人更具有社会生存能力。这样看这句话是再合理不过了。倘若还是这个人，他依旧每天省吃俭用，该享受的生活都没有享受，他准备用他 10 年存的钱去买一栋别墅好好享受一下，结果在第 9 年他死于车祸。他这一生有意义吗？他的远虑化解了他的近忧吗？

接下来的一个月里，我和一个姐妹去了尼泊尔和西藏。我把出书的稿费花得所剩无几。

“悠悠，你不能老这么出去旅游啊，一点积蓄都没有。”正当我整理行李的时候，再次听到了母亲的唠叨声。

“妈妈，你们那一代人生活是在房子里面，我们这一代人生活是在天空下面。知道不?”我讲得头头是道。

“你现在没有一点积蓄，生病了怎么办？老了怎么办?”母亲那个年代的生活理念是，年轻是为了年老而活。

“我会存钱的，等我赚得多了，自然就会有积蓄了。”我拿着一件披肩给母亲看。

“妈，你看这件披肩带去西藏如何?”

“你这孩子，挺好看的，多照些照片回来啊。”

我笑眯眯地摸了摸母亲的脸。

“没大没小的。”母亲继续埋头干活。

还好，我不是个喜欢借贷的人，我无房无车，我只喜欢把现有的花在我美好的体验和经历上，然后勒紧裤腰带过日子。我开始吃街边的麻辣烫，为了节约那几块钱。

无论我是在旅途中，还是在屋檐下，我总会接到熙熙的电话，收到熙熙的短信。他每天晚上都会放一些好听的歌曲给我听，那是我的精神食粮。而我也在他的影响下更加迷恋小野丽莎，每天夜里我都听着她的 Moon River 进入梦乡。我告诉自己我想他，我真的想他，我想他想得泪流满面。

一连几天里，我在思考一个问题。我爱的人在成都，我爱的城市是北京。人生永远是鱼和熊掌不能兼得。而人这一辈子是否应该疯狂地去爱一次呢？勇敢的女人是美丽的。柏拉图也说过，神永远站在爱人的这一边而不是被爱的这一边。这个时代的圣女贞德应当是为爱摇旗呐喊的，应当是为经历去冲锋陷阵的。当爱情触手可及的时候，其他的东西就会变得不名一文。那天夜里，我做了一个决定，去成都寻找我的爱。

我跟母亲说我要去成都拍戏，要拍大半年，母亲半信半疑地答应了。我开始忙着托运行李，在去火车站的路上，接到出版社打来的电话。出版社的豆豆说，有家影视公司想把我的小说改编成电视剧，希望我能去和他们商谈。我按捺下“归心似箭”的心情去出版社。路途上我打电话给熙熙告诉他去成都的事情要耽搁了。

“熙熙，我可能会晚一个月去成都了。”我有点沮丧。

“亲爱的，为什么呢？难道你改变主意了?”他的语调提升了一个八度。

“当然不是，我的小说被一家影视公司看中了，想改编成电视剧。”我努力地解释道。

“这是好事啊，不过改编和拍摄的全程你都要参与吗?”他问道。

“现在还不知道呢，我是不太想参与了，只要不把我的小说改得面目全非，我都交给他们好了。”

“那你先处理你的事情吧，不用担心，我会一直等你的。”我听得出熙熙有点失望。

我来到出版社，电影投资公司的人已经提前到了。和我商谈剧本之事的是一位年轻的男士，黑色礼帽，阔腿裤，打扮颇为时尚。他跟我打了个招呼后递给我一张名片，是瑞锋影视投资公司的总监，名叫魏晓峰。在互相寒暄几句以后他对我说：

“我们看中您的小说，希望改编成剧本，公司想投资拍成电视剧，不知道您是否有这个意向？”魏晓峰很有礼貌地问我。

我想了想问道：“这方面我还是第一次接触，能说说你们具体要如何操作吗？”

他停顿了一下，说道：“有两种合作方式，一种是我们购买版权，然后找人改编成剧本，拍摄成电视剧；另外一种就是改编剧本，拍摄中您全程参与，也就是相当于你也参与投资这部电视剧。”

“关于剧本，我好像不太在行，以前还真没写过。关于合作方式的问题能否容我考虑几天？我也想跟周围做影视的朋友咨询一下。”我内心乱作一团。

“这个是当然的，您也多咨询，多了解下这个行业，对于我们的合作也有好处。”他主动握手和我道别。

魏晓峰约我三天后去南锣古巷喝茶，我应允了。

接下来的几天里我找到一些做电影电视的朋友，咨询他们关于改编剧本的事。他们告诉我说，如果为了省事，把版权一卖什么都不用管了，钱也拿得多，也不存在什么风险；但是为了保证剧本的质量，保留作者的原文思想，建议我全程参与，如果电视剧成功了，不仅可以获得更大的名和利，而且后期的收益也是非常可观的。我的心绪开始紊乱了，倘若全程参与，我去成都的计划就要宣布流产。

三天后，我和魏晓峰在茶馆聊天，南锣古巷我来过几次，这里的小店装修得古色古香，从外观上看你一定以为这里无论售出的商品还是食品，都应该价廉，但是却恰恰相反，这里已经逐渐取代后海，变成现代文人骚客的聚集地，颇有韵味。透过古朴的窗棂，你看到的是奥迪 TT，或者宝马 Z4。当现代和古代以这样一种方式相结合的时候，没有人发现这是潜移默化的。这是艺术带给人的力量，当人的意识开始守旧，艺术可以帮助你与之反抗。文化艺术勾勒出人类的信仰，而信仰才能使我们活得健康。欧美人信教堂，日本人信论语，我们信什么呢？儒家思想诚然是诞生于中国，但是在现代文明中，似乎日本人把它运用得更加驾轻就熟。在中国，我觉得越来越多的人信仰钱，正是因为信仰金钱，才会有三聚氰胺，地沟油，假疫苗。一个朋友跟我说中国人没有信仰，即便有时候嘴里会说着“信邪不信邪”，但是总的来说周遭的人都是没有信仰的。在没有信仰的现今，艺术也渐渐地开始萎缩，这都是相辅相成的。其实咱们中国人真没有信仰还好了，怕就怕信仰钱。在我的内心中还是有这么一个神灵，它并非上帝，并非佛祖。这是我的神灵，独有的神灵。而这个神灵告诉我“整个世界是因平衡而存在的”。为什么从前的自然灾害和人为的灾害比现在少很多？这都拜人类自己所赐。人类道德完全沦丧的那天离人类灭亡也就不远了。

我和魏晓峰对面而坐，这次魏晓峰并没有开门见山，他和我聊起了我的小说。

他笑着看着我说：“我挺喜欢你的文字，很有节奏感，仿佛在唱饶舌，又好像是在跳街舞。很久没有读过这么好的文字了。”

我不好意思地笑了，谦虚地说道：“没有啦。”

“你的小说很贴近生活，并不像之前很多作品，情节虽然曲折，但是读完以后让人觉得编的痕迹很重，感觉不真实。”

“在我眼里，最好的小说其实是生活，真实的东西其实才是最具有价值的。我很少看现在的小说，我认为那不是小说，是故事。所有的事情都发生在一个人身上，或者几个人在一个圈子里出不来，可是我们的生活并不是这样的，我们的生活都是一段段的，总是向着前方，向着死亡。”我再一次阐述着自己的创作意图。

“其实我觉得你挺适合演女主角。”魏晓峰偷偷地看了我一眼。

“我就算了吧。”我顿时有点害羞。

“留下来和我们一起完成这部电视剧吧。”他的语气里带着恳求，而这种恳求让我的心绪越来越乱。我开始犹豫，矛盾，顿时百感交集。此刻我特别希望接到熙熙的电话，听他说一句“来成都吧!”这样我就会义无反顾。我漫步在王府井大街上。其实“爱”和人的思想是分离的，它不受人的大脑控制，关于它控制人的大脑方面，也是似存犹存的。而关于“幸福”，则比“爱”要真实得多，甚至触手可及。当我一个人漫步在这样一个硕大的容器里的时候，当我一个人游荡在这样一种物质充盈的氛围的时候，我觉得自己仿佛不存在于这个世界上，因为我的体内缺少一种东西，那个叫“幸福”的元素。

我来到东方新天地的地下一楼，这里开了一家思冰客冰淇淋。在都市里找到一家冰淇淋店于我而言是另一种幸福。我独自坐在板凳上，心情不好的时候，吃冰淇淋会有幸福的感觉。这是真真切切的感受，也许在那一刻，我不需要皮肉的抚摩，不需要心灵的触动，只需要那样一种忘我的甜和忘我的冰。

人总是在无限个轮回中慢慢接近死亡。这不是一种悲观的说法，理应说这是乐观的。死亡其实本身就具有乐观的含义，只是活着的时候生命物种体察不到。我处在抉择的十字路口，我一直在马路的中轴线上行走，但这并非我的意愿，我奢求的是将自己的身体平稳地陈列在马路的中央，因为我知道任何一种抉择都叫“人生”，都有它理所当然的生命曲线。只是我觉得很累很累，累得我只能用失眠去代替睡眠。欲望依旧牵扯着每根神经，即便我信奉的神告诉我有得有失的道理，可我还是想拼命地紧紧地拽着那些东西不放。在生活和爱情中，我们无须计较得失，因为你走的每一步都是如此的心甘情愿，而那一抹真实的付出都是来自自我的意愿，来自那一刻的身心愉悦。

下午来到一个朋友的音乐工作室。他告诉我，他曾经也面对过抉择，但是现在想来，两条路走下去都是好的人生，你选择的和你放弃的没有哪条是坏路。这样一来，抉择并没有太多的必要，我们甚至可以用硬币来决定人生。朋友新歌的 MV 正在制作中，歌曲的旋律蔓延出无数的缠丝，将我捆绑，带我来到空旷无人的马路上，将我平置于马路中央，而我的眼睛不自觉地寻觅着久违的阳光。除了空旷还是空旷，空旷得让人觉得充实，我觉得这首歌应当配给一部好的艺术片。

“Save Me，Save Me。”他的嗓音里透露着沧桑和乞求，而我用我的右手握紧我的左手，因为这里会诞生爱，会诞生幸福！

在期待和矛盾中我进入了睡眠。第二天清晨，门铃不停地响，母亲去外婆家待一周，这时候不可能回来，我以为是快递公司的快递，有些不耐烦地嚷嚷着：“谁呀，谁呀？”

门外的敲门声停顿了一下，但是并没有臆想中的蹩脚普通话“快递”。我有些好奇，迷迷蒙蒙中披上一件外套去开门。门开了，留给我的是惊诧，我甚至不敢相信自己的眼睛。门外站着的是彭韦熙。他提着行李箱看着我，有些害羞。我再次看到了他带着微笑的眼睛。眼神性感迷离，温和可亲。几分陌生，几分熟悉。有那么几分钟，我们站在门外久久地看着对方。我回过神来告诉他："快进来哦，不过家里很乱，别介意哦。"

我继而又问道："你怎么来了？"

他微笑着说："我再不来接你，你只怕就要把我抛弃了。"

他的眼神暧昧且明媚，这样一种惊喜正是我所渴望的。此时此刻，我感觉自己是一个没有过去、没有未来的人。我只存在于这个时刻。正因为如此，我深刻地了解自己是一个这样的女人，经历让我越挫越勇，而我的心却总是向着阳光。我开始爱上经历，开始变得越来越乐观。在每段感情里，我都是初生的婴儿，我忘记了曾经的痛苦，忘记了一切。我是爱情白痴，同时也是爱情婴儿，我活在当下，应当死于当下。

在熙熙的陪伴下，我卖掉了小说的版权，和他一起去了成都。

# 成都，请将我遗忘

很多朋友都跟我说，成都是一个适合居住的城市，它没有北京、上海、深圳等大城市那么快的生活节奏。它悠闲自在，它精致明媚。韩国有一座城市叫做“密阳”，意义为阳光密集的地方。虽然我没有去过那里，但是我觉得成都已经足够明媚，我到达成都的这一天，阳光照射在我的脸颊上，勾起了我的嘴角。

熙熙在成都开了一家小型设计公司，公司是做装饰装潢设计的。由于受全球经济危机的影响，房地产泡沫被无情地挤干以后，装修设计行业也跟着受到很大的影响和牵连。这种借贷的泡沫仿佛悬在半中腰的空中楼阁，古巴比伦的消失也带走了空中花园的一切。

“今年经济危机一来，买房的人没见减少，装修的主倒急剧下降了。”熙熙对我说。

“那是当然，现在能买得起房子的都是买了当资产储备，干吗还装修啊？要么就是买了房子等经济危机过去了再装修，现在谁敢动除了买房以外的钱呀！”我如是地回答。

“看来还是做房地产这行更稳妥。”熙熙说。

“这可说不准呢，我觉得这只是个人的意识问题，说不定哪天人就都醒悟了。”

“是啊，买房子干嘛？70年后大家都是无产阶级了，那时我想国家也该实现共产主义了。”

熙熙每次说话都要把我逗乐。由于处于热恋期，我们几乎天天见面，白天他去上班，我在租来的房子里看欧美老电影，看书，写专栏及我的第二部小说，晚上我们一起吃饭，有时参加朋友们的小型PARTY。

我接到母亲的电话：“悠悠，你跑成都究竟干嘛去了？”

我继续编造谎言搪塞母亲：“我说过了，过来拍戏的啊。”

母亲的语气让我诚惶诚恐：“不是吧，小白打电话都打到家里来了，说你有些东西落在公司一直没去拿，他告诉我你早就离开公司了。”

智者千虑，必有一失。万万没有想到在我周全的谎言下会出这么一个纰漏，无奈之下，我只有告诉母亲：“我恋爱了！”这也是我第一次告诉母亲关于我恋爱的事。果不其然，在母亲的眼里，我的行为已近乎疯狂，为了一个陌生男人放弃北京的事业独自跑到成都去。在他们看来恋爱似乎和婚姻有着密不可分的关系。接下来她就向我打听熙熙的情况，什么家庭条件，什么工作单位。问得我焦头烂额，不知所措。恋爱中的人是失去理智的，恋爱中的女人恰似低能儿，所以我对母亲也只是报喜不报忧。

我们相恋的一个月以后，熙熙开车把我带到东湖边。成都的东湖比武汉的东湖要小很多，和这个城市一样精致，看起来更像是翡翠城的后花园，熙熙带我去的一个地方很特别，有一段水泥台一直伸向湖里。他的车向水泥台方向驶进，离湖面越来越近，我几乎在怀疑他想带着我为爱殉情，而此刻车停了。熙熙在拉动手刹的一刹那，我的眼前出现了一片奇妙景象，我们的车仿佛漂在湖面上，而我们也仿佛坐在水里，我仰望天空，黑色很深，星光异常清澈。天上的星星眨巴眨巴的，似乎在冲我们傻笑。我的脑袋开始漫无边际地遐想，这种想象似乎与任何事物都没有联系，人总有些时刻思想意识处于飘忽状态，也就是在自己陶醉沉静的时候，大脑似乎在开小差，但是回过神来你却发现你什么也没想。车载 CD 里蔓延着小野丽沙的声音——Moon River。他伸出手，把我拥入怀中。他开始吻我的脖子，直到嘴唇，我用身体的每一个细胞去接受他的吻。我想此刻我应该纵身跃入湖中，沉入湖底，这样我就抓住了永恒的爱。但是我却足够贪婪，贪婪得希望得到别的，得到更多，在我想得到更多的那一刻，我就注定得不到单纯且永恒的爱情。诸多朋友曾经在我耳边鼓吹《梁祝》、《罗密欧与朱丽叶》，而我想到的是倘若他们在一起了，大概结局也就是《伤逝》吧。

我的矛盾产生于我的过于贪婪和过于相信奇迹，即便如此，我还是希望并渴望得到哪怕再长一点时间的爱情。但是轰轰烈烈的爱情本来就是短暂的。红颜女子，璀璨的烟花，这些美丽的事物都是稍纵即逝的，正如爱情。

白天我很少给他打电话，而他的电话却很频繁。

“亲爱的，在干嘛呢?”

“在家打扫卫生呢。你呢?”

“我在写报告。”

“那你先写报告吧，别打电话啦，免得分心。”

“没事儿，我活着，你就一直在分我的心。”

我扑哧一下笑起来。

“亲爱的，想不想我?”这种甜言蜜语也恰似糖衣炮弹很能攻破我的心。

“想啊。”

“今天晚上我到你家来，就不回去了啊。”

“想得美，你听过一句话叫做 easy come，easy go 吗?”

“怎么可能，为了你我都变成金刚了，还抑制呢?”

“什么意思呢?”

“为了心爱的女人打飞机啊。”

“你还真够流氓的。”

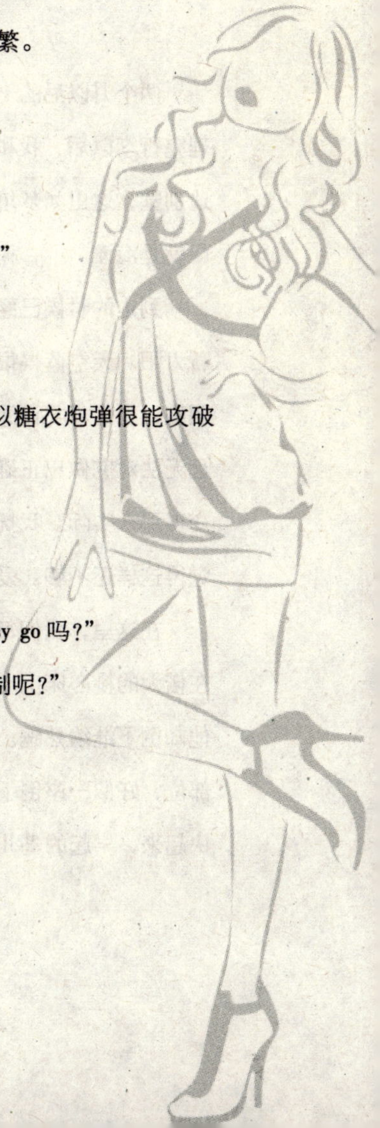

“没有，亲爱的，跟你开玩笑的，小调戏你一下嘛。”

“你不要心急，我们要细水长流。”

“这可是你说的，我现在就去上厕所，一个小时以后再出来。”

我在电话这头笑得肚子都疼了。

两个月以后的十一长假，熙熙说要带我去旅游，我很开心。在整理完行李以后，我和他提着行李一起去了三亚。我们住在亚龙湾的海边别墅，这里如梦境般美丽，房间外面有一个弧形的大阳台，阳台下面就是海滩。

到达的时候已经是下午，熙熙去洗浴间洗澡，而我坐在躺椅上晒着太阳。天空蓝得很彻底，蓝色对我而言永远是神秘的，它带着几许明媚，也带着几许深邃；它让你心旷神怡，却又让你惶惶不安。你永远无法对它做出正确的判断。熙熙的脸带我离开了蓝色的幻想，一切变得那么实际。我抚摸着他的脸，能感受到温度的存在，可是我依然觉得这样还不够。爱是个巨大的无底洞，和欲望一样。

在这里，我们每天睡到太阳晒到屁股才起床。每天起床我们都会在偌大的桃心床上，疯打一番，之后我便会去亲手做早餐给他吃，而他却倒下继续熟睡。他的身材匀称，肌肉均匀地分布在身体的每一个部位，好似一座倒下的大卫雕像。我摸摸他的脸对他说：“亲爱的，快起来，早起的鸟儿有虫吃。”他抓住我的手，却依旧闭着双眼，嘴里呢喃道：“早起的虫子被鸟吃。”熙熙无时无刻不忘记幽那么一默，这种幽默很对我的胃口，他的神经和躯体强烈地吸引着我。我在切片面包上用巧克力酱写上他的名字，再画上桃心，喂到他嘴里。我们在海边漫步，和海风一起嬉闹，被海浪追着跑着，我们在海滩上用手指写着各自的名字，他拉着我的手对我说：“我们结婚吧！”倘若人的一生只有一天，我希望那就是今天。我忘记了曾经所有的喜怒哀乐，我忘记了人生的痛乐交替的规律，忘记了人生痛并快乐的真谛。有时候我在想，上帝把生活交给了我们自己，你选择的快乐有多浓厚，你得到的痛苦也就有多浓厚。那一刻我告诉自己，有多大的痛苦我都愿意承受。

亚龙湾别墅酒店的园林绿化和游乐设施建设得非常到位，有种置身于异国他乡皇宫里的感觉。芭蕉等热带植物均匀地分布在别墅四周，一直延续到海边。四种温度的蓝色泳池和三种温度的温泉，应有尽有。游完泳以后还可以去健身房健身，晚上可以去酒店的酒吧喝喝鸡尾酒，听听钢琴曲。我们住在这里哪里也不想去，每天除了海边游泳，沙滩散步，用餐，泡澡，睡觉，就是毫无目的地开怀大笑，或者号啕大哭。在某种环境里，我们会刻意把自己的智商拨到零的位置，因为只有这样才能叫做真正意义的度假，身体力行，心灵上的度假。

一周就这样过去了，我们不得不坐上回程的飞机。在回程的飞机上，熙熙告诉我，他回去准备解散公司。我诧异地看着他，问他为什么？他把我拥入怀中说，有些事情以后再告诉你。

回到成都以后，熙熙带我去见了他的亲戚和朋友，并把我带到他刚买的新房里，200平方米的毛坯复式楼。他告诉我，这就是我们以后的家。他告诉他所有熟识的人，我是他的未婚妻。我生平第一次感觉到真真切切的爱。而这个男人是真实存在的，触手可及的。我是个对婚姻异常没有自信心的人，而熙熙的话，把我从绝望谷底拉了上来，我来到世俗的人间，我感觉我爱这世俗。

晚上他带我去他表姐家吃饭，他表姐前年结的婚，去年刚生下一儿子。他的侄子闹闹长相滑稽，常常让人忍俊不禁，音乐一响起他便会扭屁股，而我早已经笑得前翻后仰。熙熙是个爱孩子的人，他一直陪他的侄儿子玩耍。而顷刻间，我也从体内散发出一种强烈的母性，我也想要一个孩子，我也深刻地明白，当我有了孩子就意味着我要过另一种生活，我那些伟大的梦想、那种热爱经历的个性便会在刹那间被扼杀。我是一个如此矛盾的女人，矛盾得我的心几乎要被自己撕裂。可是只要熙熙用带着微笑的眼神看着我时，我便会在内心对自己说“我愿意”。

熙熙的表姐名叫李倩，只比熙熙大四个月，所以我们也算是同龄人，以至于一见如故，总有种酒逢知己的感觉。每次我和熙熙，还有他表姐、表姐夫在一起吃饭的时候，都会出现一幅奇特的场景：我和熙熙如胶似漆，而她表姐和表姐夫一见面就互相讥讽。

“你表姐每天就把我当保姆了。每天在家给她和孩子买菜做饭，还要换着花样。”

“多少人想当这个保姆，我却偏偏找你这个不称职的。”李倩瞟了他老公一眼，撅着嘴继续说道。

熙熙笑着：“你们两个哪里像夫妻啊，我们这样才像嘛。”说着熙熙把我揽过来搂在怀里。而她的表姐和表姐夫对此不屑一顾。他们继续着他们的口角。这种口角分明是一种爱的宣泄，这种口角将他俩牵系着，像一股激流愈流愈平稳，直到变成涓涓溪水。

李倩有时候会拉着我去听音乐会，逛街购物。她是音乐学院毕业的，主修钢琴。她拉着我的手对我说：“熙熙能找到你这样的女朋友是他的福气，也许是上天看他以前吃的苦太多了。我总说嘛，上天是公平的。”

“他吃什么苦了啊？”李倩并没有回答我的问题，把话题岔开了。

晚上我打电话给母亲，希望把熙熙带回北京见她。母亲的回应完全出乎了我的意料。母亲很担心我被骗，所以决定来成都陪伴我。

熙熙去火车站接母亲，他把我们送到家以后就离开了。他最近要忙于解散公司前的资产审计，所以没有来得及请母亲吃饭。虽然我能理解他的行为，但或多或少心里有些不舒服。母亲仅仅一面之交，却对我说她不太喜欢熙熙。

“这孩子看上去心事重重，对你也漠不关心，你就这么喜欢他?”母亲阴沉着脸。

“不是啊，熙熙以前对我很好的，最近是因为工作方面出了点问题，所以有些分心。”我极力为熙熙辩解。

“工作出了什么问题?”母亲皱起了眉头。

“具体的他也没告诉我。”

“你们这哪里像谈朋友呢?他什么事情都不告诉你吧?”母亲又开始唠叨个没完。

母亲告诉我，他看上去心机颇重。而我对于母亲的评价只给予了一句回复，我和熙熙接触的时间长，所以我觉得母亲并没有我了解熙熙，她的评价没有依据。

“妈妈，您有时候判断事物太主观了。虽然说您的年纪比我大，见识的人多，毕竟您也只是生活在您那个圈子里。再说就算像您说的那样，我现在是快乐的，这就足够了啊！人不都是要变的，即使一个您很满意的人，您就能保证他以后一直对我好吗?”

母亲严厉地说道：“你对他有多了解?你好歹现在也是有身份的人，就为了一个男人跑这么大老远来?”

“我很了解他啊，他的亲戚朋友我都见过啦。”我窝心地笑着。

“悠悠，你让我太失望了，我本来以为你是一个很有能力的女孩，现在我对你非常的不放心，尤其是在感情上。”

母亲是个很有特点的人，她时而成熟理智，时而像孩子一样行为过激；时而慷慨大方，时而勤俭节约。我和母亲一起去逛街，每每都说熙熙对我如何如何地关心，而母亲却不以为然。在街上，沿路看到乞讨的乞丐，母亲每一个都会慷慨解囊，嘴里还嘀咕着怪可怜的，自己却为了节省坐公交车的几元钱走一站路去超市买食品。

由于水土不服，母亲最近有些拉肚子。晚上熙熙说要来看望母亲，车开到楼下，我连鞋都没换就下楼去。我知道母亲不喜欢熙熙，不想这么早让他们见面。

我打开车门，坐在副驾驶的位置上。

“你今天别上去了吧，我妈她不舒服，睡了。”每当我掩饰着什么的时候，都喜欢看着他的方向盘。

“你妈是不是不喜欢我呀？”熙熙很敏感。

“没有，我妈是这样的。她缺乏安全感，很难对一个人建立信任。”

“那你呢？你也是这样的吗？”

熙熙突然抓住我的手，顿时我内心一股热流：“我当然不是，你还不知道我有多信任你吗？”

“带我去药店，我给我妈买点药。”我对熙熙说。

“我这儿有医保卡。”熙熙从包里掏出他的医保卡递给我，开车去最近的药店。

我在药店买了一些拉肚子的药、感冒药、消炎药，还有一些补品，维生素、螺旋藻等。

熙熙在一旁打趣着说："你把药当饭吃啊？你要把我的卡刷爆了。"

我走到售货员面前问："请问有哑药卖吗？"

熙熙跟着我走过来对售货员说："售货员，我要买一杯忘情水。"

就这样我们嬉闹着走出了药店，店员的脸却笑开了花。

我们从药店一直打闹到车里，熙熙猛地从身后把我抱住，他把头搁在我的肩膀上，用最具杀伤力的声音在我耳边轻声说："亲爱的，今天去我家吧。"

我在那一刻被融化了，从人融化成兽。人只有在两种情况下会有兽性，一个是生存的边缘，一个是欲望的边缘。我第二天才把药送到母亲手里，也是第二天才知道母亲报了警，她说我被拐骗了。

我知道是我的一时放纵导致了事情的恶化，即便我们再成熟老到，也避免不了贪图一时的享乐，一时的放纵与糊涂。过程是糟糕的，熙熙被警察带到派出所去问话，回来时一脸阴沉。自此以后，母亲和熙熙的关系愈演愈烈。正如成都的天气，从持续的阳光明媚变成持续的风雨交加。

因为母亲和熙熙之间的矛盾，我和熙熙的约会次数在与日俱减的同时，争吵的次数与日俱增。每次当我质问他为什么给我电话的次数越来越少，他要么说“没钱晒太阳都是二手的”，要么说“多陪下你妈妈吧”。我打电话给他，不是在开会就是在应酬。我的不安全感再度袭击我的大脑神经。母亲要我回北京，我执意不肯，我潜意识觉得这一切事出有因。

我把熙熙约到我们常去的咖啡店。我一时间接受不了熙熙的冷淡，情绪变得异常激动，他不发一言。

“我们分手吧！”我毅然决然地开口，但内心其实心痛异常。他依然没有开口，一怒之下我提着包愤愤不平地走了。走了大概五分钟，熙熙冲出门外，抓住我的胳膊，我用力地摆脱他。他跟在我后面喊着我的名字，我下意识地越走越慢，直到熙熙赶上我的脚步。熙熙拉住我的手，把我拉回到他的车上，他说：“对不起，悠悠，我跟你隐瞒了很多事。”

他的表情很纠结和复杂，眉头紧锁，额上的皱纹让我第一次觉得熙熙是一个有故事的人。

“你隐瞒了什么？请你都告诉我。”

“你怎么就这么心急呢？我本来想等我把事情都处理完，等我事业步入正轨了，等我有经济实力了，我就可以摆脱那可悲的过去了。你为什么一定要让我回忆过去，让我解剖自己呢？”

“如果两个人的爱情不是建立在坦诚和信任上，那么还有必要继续下去吗?”此刻，我只需要他的答案。

大约过了五分钟，我知道在这五分钟里，熙熙内心的斗争是巨大的，他没有看我一眼，眼睛盯着方向盘，眉头依旧紧锁，终于他开口了。

“其实我是个很自卑的人，你所看到的我不是个真实的我。我是一个穷人。”他停顿了一会儿继续说。

“有很多事情我都不想告诉你，因为我爱你。我为我自己的出身感到愤愤不平，其实从内心来说，我是个很自卑的小孩。我什么也没有，一穷二白。”那一刻，他仿佛变成了另一个人，我再也看不到他平日幽默、乐观、自信的影子。

“不管怎么样，如果你爱我，我都有权利知道事实的真相。”我有点迫不及待。

熙熙想了足足有十分钟，终于开口了，语气变得更加沉重：“我不是我爸爸的亲生儿子，我是我叔叔的儿子，所以在我三岁那年，我和妈妈就被爸爸赶了出来。我叔叔是有家室的人，我和妈妈借住在外婆家，我今天在姑妈家混一餐饭，明天在小姨家混一口饭，我是吃百家饭长大的。寄人篱下的生活不好过，从小我满耳朵里充溢的都是母亲的罪过，父亲的绝情。我时常想，为什么老天爷对我那么的不公平？让我生在这样一个畸形的家庭里？让我生活得如此的不幸与贫穷。假如我和他们那些富家子弟在同样的起跑线上，我一定不会输给他们。可是我，为什么就偏偏输在了起跑线上呢？因为贫穷，我的前女友把我甩了，跟大款跑了。因为贫穷，我就没有资格拥有爱情吗？”说着说着，熙熙流下了眼泪，我第一次看见一个大老爷们流泪。我知道，是我让他再次面对他不堪的人生。

人生没有公平，人出生的时候就是不公平的开始。也正是因为这个原因，所以世世代代的人们总是摇旗呐喊地要去争取公平。我每每乐观地去对待这个世界，世界却总要呈现出灰暗的一面来打击我。我是那么容易被打倒的吗？而在那时我的大脑一片空白，从头至尾熙熙都在欺骗和隐瞒我。我对熙熙说，让我冷静几天，他开车把我送回了家。

没有欺骗的爱情不是爱情。我彻头彻尾地相信了这句话。在回家的途中，我有一种巨大的失落感，这种失落感一方面来自熙熙在我心目中的形象，之前一种完全的自我标榜的形象和现在这个一无所有的穷小子的形象形成了巨大的反差。我相信女人是会爱上穷小子的，但是我却怀疑女人会爱上伪装成性、人格分裂的穷小子。我对熙熙的爱从那刻开始逐渐减少。

# 人格分裂

母亲也托人调查了熙熙的情况。母亲大发雷霆，显然她已经调查出了结果。

彭韦熙三岁时父母离异，一直借居在外婆家。大学毕业后，在他亲生父亲的帮助下，他进入了一家外企做销售，经常接待大客户，从此见识到了有钱人的生活。由于天性自卑，和进入外企后的自负，导致他虚无缥缈地狂妄起来。自从见识到有钱人的生活后，他的虚荣心也跟着极度膨胀起来，开始花钱如流水，可是即便是在外企，每个月几千元的工资也不够他在外大肆挥霍。于是在去年，他辞去了工作，凭借着自己的小聪明，带走了公司部分客户资源，并说服几个同事和他一起单干，他四处融资组建了现在的这个公司。

公司刚开始运作的时候，生意还不错，接到几单生意。彭韦熙就把赚来的钱买了车和房，但是到了后来，他的开销越来越大，加上全球经济危机的到来，公司开始亏损，另外出资的几位朋友先后撤资走人，公司面临不得不解散的局面，应该说是面临着破产。

母亲坚决要我离开熙熙，并要求带我回北京：“如果你不离开他，我就同你断绝关系。”

我的内心不断地挣扎和矛盾。有时候我发现，人在矛盾中就像在和另一个自己作战一样。内心的煎熬不是一种痛苦，更像是一种烹饪，烹饪你的心脏。两天了，我拨通了熙熙的电话，我没有出声。

“我以为你再也不会理我了。我很想你，这两天我一直在回忆我们认识大半年来的点点滴滴，我想了很多很多，假如你离开我了，我这辈子都不会再相信爱情了。”彭韦熙的声音里透着凄惨的沙哑。

母亲整理了行李准备回北京。我对母亲说，我暂时不回去。母亲就这样拿着行李走了，走之前给我留下了一句话：你一天不离开他就不要回家。在送母亲去火车站的路上，我们母女俩一句话也没有说。母亲年迈的背影，和已经开始花白的头发渐行渐远。她没有回头，我的鼻子猛然地酸了一下，眼泪夺眶而出。母亲来成都的日子里，我们几乎没有一天不争执，是母亲把我带到人间，而我没有带给她一天的幸福快乐，相反的却是她每天都在为我担心，为我发愁。无比的内疚感和压力压得我透不过气来。我甚至想到了死亡。死亡曾经让我惧怕，现在我却对它有了新的认识。死亡，无非就是我的灵魂厌倦我的躯体；或者说，我的灵魂被关在了我的躯壳里，只有死亡才能让它释放。而我现在就有强烈的厌倦感，我厌倦了我自己，我厌倦了这里的一切。

夜里，母亲离开的背影一直在我脑海里久久不能离去。我梦到了母亲，梦的内容很奇特。我和母亲争吵后，离家出走，在路上被雷击中，只剩下了灵魂，当只有灵魂的时候看到的自己是裸体的。因为原始本能的羞怯，我急迫地要找到我的身躯。在寻找的过程中，我看到雷还在不断地击中人。击中以后的人被关在一个透明容器里，我在外面抚摸着这个容器，接着继续找躯壳。在路上我遇到一位朋友，他也丢掉了躯壳，他知道我们的躯壳在哪里，带我一起去找。我们来到一个地下室，看门人打开了一道门，里面都是躯壳的叫声，他立即又关上了门对我们说，“你们的躯壳在里面”。他狡黠地笑着，“你们要帮我做事，把这里打扫干净，我才能把躯壳还给你们”。电话响起，我从梦里醒来，我不知道自己最后是否得到了躯壳，还有那位朋友他是谁？

醒来以后我还要继续面对这纠结的现实。发生在彭韦熙身上的离经叛道的成长史让我无所适从。我找到李倩，向她求证熙熙所说的话。

“熙熙出生在一个不正常的家庭里，他母亲的精神一直有些不正常。据说当年他母亲嫁给他父亲的时候，他父亲常年在外地出差，他的叔叔经常来帮他母亲买米，扛煤气坛子，这孤男寡女的经常同处于一屋檐下就犯下了错误，后来他母亲就怀上了熙熙。但是他的叔叔是有家室的人，当熙熙的爸爸知道了熙熙不是他的孩子的时候，经常在家打他母亲，并把他们娘儿俩赶出了家门。”

“为什么这些你不早告诉我呢?”

“俗话说，宁拆一座庙，不毁一桩亲。再说，大家都看得出熙熙是真的爱你的。”她的目光带着恳求的意思。

听了李倩的话，我感觉我的体内如同打翻了的五味瓶。

我的负罪感在与日俱增，我在这样一种矛盾中挣扎着，欲罢不能。

母亲走后，熙熙把本来不属于他的车和房拿去抵债，几乎到了无家可归的地步，他打电话给我，要求搬过来和我一起住，我应允了。即便我对他的爱在与日俱减，但是对他的同情却在逐渐上升。遇到可怜的人，我很容易把自己当救世主。我看着熟睡着的赤裸的熙熙，他喜欢把身体蜷起来睡，像一只没有安全感的猫，更像一个躺在母体里的胚胎。他的眼角已经浮现一丝皱纹，好像才刚刚开始长大便已经老去。我把他拥入怀中，此时此刻，我觉得他是我的孩子，一个没有发育健全的病孩子。

我时常想，单亲是一个多么残酷的现实，而随着社会高速且不稳定的发展，离婚率在逐年递增，单亲家庭的孩子却没有得到这个社会真正意义上的重视。因为都属于单亲家庭，我更加怜悯和痛惜他起来。我希望用我后天的爱来弥补他之前缺少的爱。我们刚出生的时候心灵很小很小，因为得到了父母的爱，我们的心灵开始茁壮成长，但是缺少其中一种爱，我们的心灵都会长得不够健全，长得残缺。残缺的心灵需要的大概不是后天的爱情，它们更需要的是后天的心灵重建。而这个世界却又是一个巨大的不平衡的容器，容易加重他们的病情。

我们依然会争吵，因为他的行为越来越古怪。晚上他会突然惊醒，浑身发烫，神情惊愕，要么就是说一连串的梦话，而我也因为这样的现状时常失眠。我开始变得焦虑不安，皮肤开始变得干燥，例假也不来准时报道。我的焦虑让自己开始怀疑自己怀孕了。

我看着他行尸走肉地待在房间里，有时会怒不可遏，有时又猛生怜悯之心。

我从身后搂住他的腰，他却心不在焉。

“我好像怀孕了，我一个月没有来例假。”

他挣脱开来，转过身看着我，目光中是几许冷漠和淡然。

“那你去医院看下吧。”

“你这人怎么这么冷漠。”我的脾气从脚跟一直上蹿到头顶。

他没有理我，从荷包中掏出一包万宝路，我记得他之前抽的都是极品。他独自走到阳台上，大口大口地吐着烟圈。烟灰色的烟雾将我的心情乃至我的整个世界都笼罩得更加灰暗。

过了一会儿，他把烟头灭了，从阳台走进来。

“你现在有十万吗？”

“怎么了？”

“我把房子、车子全部抵押了，还差银行十万元。如果你有先借给我。”

虽然我是带着卖掉版权的钱来到成都的，但是一部分钱给了母亲，在成都的日子基本上没有生活来源，我也花得所剩无几。

他不停地抽着烟，一个小时就把一整包万宝路抽完了。

“如果筹不到钱，我他妈的就要蹲监狱。”他把烟头狠狠地往地上一摔，用脚踩上去跟着一搓。

而我也在懊恼着怀孕的事。我怯于一个人去检查。熙熙的脾气越来越坏，我也会时常莫名地发脾气，已经不再是原来那个知性且随性的我。像一个泼妇一样焦虑，像更年期的女人一样冲动。

一个月后的一天，当我购物回到家中时，亲眼目睹了一个我无法承受的结局：房间里所有熙熙的东西都人间蒸发了。我打开衣柜，既而打开房间里所有的柜子，他带走了他的一切，除了我。我捡起我慌乱中掉到地上的皮包，翻找着手机，而这一刻手机却怎么也找不到。我将包里所有的东西都倒在了地上，终于摸到了手机。我焦虑地拨打熙熙的电话，结果可想而知——停机。

我在房间的地板上坐了足足有一个小时，面无表情，面色惨淡。一个小时以后，我摇摇头，我笑了。

接下来的日子里，我把自己关在家里，不出门，吃冰箱里剩下的残羹剩饭，整整一个多星期。我病了，不得不踉跄地走出门外去买药。我突然发现阳光异常刺眼。我已经承受不起这样的明媚和温暖。对于我而言，成都不再是个明媚的地方，它变得炙热，似乎要把人熔化。

每天夜里，我都会梦见熙熙，醒来却发现物是人非。我想人大概可以生活在两个时空中，于是我每天夜里在梦里和熙熙见面，继续着我们的幸福生活。我始终觉得只要一个人和另一个人相爱过，他们就永远分不开了。这是真的，这个世界上没有真正地分手，也没有真正地在一起。每个人的心灵都是自由的，而我们却又共同地存在于这个世界上。我想起了张小楠曾经带我去的一个黑暗餐厅，走进这家餐厅，你什么都看不到，完全就是一位盲人。顾客抱着服务生的腰，像儿时的游戏一样被他们带入餐厅就座。每一道菜都要用手去抓，然后放到嘴里，那是我吃过的最美味的鹅肝，它的味道我现在依旧清晰记得。我知道当人失去一种知觉的时候，另外的几种知觉就会变得异常强大。也就是在那天，张小楠感觉我像个男人，因为在黑暗里，他的某项知觉加强，他感受到了我并不爱他，而我不爱对方的表现便是把对方当成同性。

老天把你生在普通家庭的原因是为了让你上进，如果你得过且过，还不如把你生成富家子弟呢。熙熙懂得上进，可是他却不明白另一个道理：不要轻易得到你需要努力才能得到的东西，因为你必定要失去另一种东西来弥补。

有时候上帝让相爱的人在一起，只是为了让他们劳燕分飞。我相信我和熙熙曾经相爱过，即便从表面上看那是一种欺骗，但是我依然相信。在爱情里如果你觉得他爱过你，那么他就爱过你。我爱熙熙，人的先天和后天可以分离来看，我爱他的本质，一个爱听 Moon River 的男人，一个喜欢小孩的男人，他的本质是美好的，我始终这么觉得。我无法和他的后天长期待在一起，但是即便如此也无法阻止我去爱他的天性。

我在计划离开的几天里，白天整理我的物质行李和思想行李，晚上一个人坐在沙发上看电视。有时候，眼睛里会不自觉地溢出水分，我想那是在新陈代谢。《等待戈多》里有这么一段话："世界上的眼泪自有其固定的量，某个地方有人哭起来，另一个地方就必有人停住了哭。笑也一样。如此，我们就不要说我们这个时代的坏话了，它并不比以往的时代更糟糕。我们也不要去说我们时代的好话了。让我们别说了。"

这个世界是因平衡而存在的。我曾经告诉一个朋友说，痛苦和快乐会交替出现，他听了此话没什么感觉。其实这里面有另一层意思。就拿爱情来说吧，你单身，就意味着你即将恋爱；你恋爱，就意味着你即将单身。倘若你享受了一个人对你的好，那么你一定会在精神上偿还给他。要么你们恋爱了，伤害了，分手了，伤心了，要么你们结合了，却避免不了内心的出轨，要么就是当你对他有感觉的时候，眼看着他和别人在一起。总之，你要维持这种平衡。你在伤害一个人以后也会等待着别人来伤害你，无论是肉体上还是精神上。你在一个人身上欠下的债也会到另一个人身上去偿还。我们追寻着所谓的快乐和幸福，其实也是在追寻着痛苦。所以，享受痛苦才是做人之道。把痛苦当做一件美好的事情来享受，这个世界上又有多少人能真正做到呢？

我不停地切换着电视频道，正是基于这种巧合，当我把频道切换到成都卫视的时候，看到了最新的电视剧《变男》。这是一种奇妙的感觉。我只是大千世界里的一员，住在一个不为人知的房间里，坐在时空的某一个平方里，看着我自己的作品。导演并没有过多地篡改小说的内容，也许因为主演是孔灵吧，因为我知道她理解我，理解这部小说。我很欣慰。孔灵也就这样红了。她的内心变得无比的刚强，而我依旧爱她。一个人的一生注定要有一个最爱的男人和一个最爱的女人，这是潜在存在的。想想我和孔灵分开已经快一年了。

罗丹的情人卡密儿是一位为爱而生，为爱而死的女子。从她的身上我看到了自己的影子，她具备男人无法匹敌的天赋，绝不阿谀，特立独行。看着她从执著到疯狂，我开始担心自己。而在每一次恋爱前我总以为自己会看得开，放得下，然而每次却依然那么投入。

“下一个，下一个，下一个，这就是年轻的心态。当你阅尽世事，你才活得富有。你会一直微笑下去，哼都不哼一下。我是没什么希望了，进了坟墓里的人，希望你能过得更精彩。当然要做个有独特眼光的女人，然后用你的灵魂和肉体去体验，我希望你疯狂地生活下去，就像穿上了脱不掉的红舞鞋，那时候你就是一本书了。”晚上我梦到一个白胡子老人这样对我说，他仿佛是祖父，又不像；他好像是上帝，却又不是。

我一直以来肩负着这样一种使命：一些人们渴望却无法实现的历练和经历，他们希望我能替他们去实现，去体验，这样他们才过得安心并且满足，这是冥冥之中的。我疯狂地爱了，我放弃一切，我义无反顾，这是我宝贵的历练啊！

被骗过，说明你单纯过；失恋过，说明你爱过；坐公交车说明你贫穷过。等到成熟、老练、世故、富有的时候，回顾青春，我的确可以说“无悔”。我一直害怕成熟来得太快，也一直担心富有来得太急，还没有等我感受够单纯贫穷的滋味，它们就侵蚀了我的每个神经。我害怕自己回不去。人生百感交集，人生五味俱全，少了其中一种都不能称为完整的人生，而我要做的就是继续并努力地去经历，去感受，去作为。

我拿着行李离开了成都。我搭上了一趟晚班火车，它开往何处并不重要。我坐在窗边，等待着起程。火车站台在维修，每隔十米，都会有烧电焊冒出的火光，刺眼。而我的眼前出现了一幕极致美丽的景象，车厢里没有座位、床铺，很空荡，却灯火通明。彩带、灯笼悬挂车顶，很多穿戏服的人，生、旦、净、末、丑俱全。他们在空荡的车厢里尽情地唱和跳，慵懒而飘逸。火车缓慢地行驶，朝离开站台的方向驶去，而每隔两秒都能看到的电焊火花是没有尽头的，因为这是一条走不完的站台。

我满足地笑着，对自己说：我要爱！

# 彩云之南

当你感觉到某个城市的空气已经膨胀得让你无法呼吸的时候，就是你该离开的时候。也许你并非一个城市人。自由的人从来不受城市的束缚。城市不是一个可以给人幸福感和安全感的地方，它只是一个容器而已。透明的容器，折射着灰色的容器。

我来到另一个城市，我开始明白心情其实与城市无关。每个城市的空气都是一样的。在这个城市里我做着自己想做的事。但是每天早上醒来，都会惊愕，这是我想要的生活吗？我是个自由的人，真正意义上的自由。对于一个自由人来说，最可怕的不是经历了一些不好的事情，而是你在好的事情下失去了自由。

我已经脱离了愤世的年龄，在我眼里没有绝对的好和坏。

我只知道我什么时候离不开，什么时候想要离开。

火车开往的目的地是云南的昆明，一个我遗漏了的地方。在到达昆明的那一刻，我遗忘了该遗忘的，期待着该期待的。我似乎觉得我失去的越来越模糊，而得到的越来越清晰。

在昆明待了一个晚上，目的是为了去石林寻找阿诗玛。关于阿诗玛的爱情故事一直缠绕于心。聪明、善良、美丽的阿诗玛与勇敢憨厚的牧羊人阿黑相爱。头人的儿子阿支软硬兼施地追求阿诗玛，并将她关进牢笼逼婚，阿诗玛坚决不从。阿黑赶来相救，妒火燃烧的阿支，放出洪水吞噬了这对恋人。最后，阿诗玛回归大自然，变成了一座美丽的石像，永驻石林。她是一个为爱而生、为爱而死的聪明、善良、美丽的白族女人。每个民族、每个国家都有他们的爱神。而这些爱神似乎都是年轻的女孩，比如祝英台、孟姜女、朱丽叶、阿诗玛，远离现实、世俗和责任，似乎心无旁骛才是成为神的基石。此时此刻，不免让我想起电影《廊桥遗梦》，有了孩子、丈夫和家庭，女人是无法为真爱义无反顾的。这样看来，从某种意义上来说，婚姻确实是爱情的坟墓。

石林里，白族姑娘们为你热情介绍和引路，带你去瞻仰化为大自然精灵的阿诗玛。在阿诗玛石像面前膜拜，真的能拥有一颗坚贞勇敢的心灵吗？我膜拜了，我渴望自己越挫越勇。正因为看到了石林，我相信并期待沿途更好的风景。我没有选择直飞丽江，因为我怕错过；我不停地在经历着，因为经历本身就是一种幸福。

我买了从昆明到大理的火车票，在大理古城的客栈住了一晚上，都说云南是个适合发呆的地方，这话一点也不假。在时光倒退了几百年的地方，住在一个古老的白族民居里，满天都是星星，独自一个人在夜里边数着星星，边听着自己的心跳。偶尔会有旁人向你投来探知的目光，偶尔会与某位过客对视而会心地一笑。

晚上逛人民路，护国路和复兴路，这里古老的建筑仿佛是一座座记忆的殿堂。它的原汁原味将很多人的记忆长留于此。接着我去了洋人街，随便进了一家酒吧，酒吧的名字叫信仰。这里酒吧很多，因为这个名字，我选择了它。我选择了它就似乎选择了一种信仰。在这个信仰缺失的年代，我在这里找到了“信仰”。一个独身女人独自在酒吧里不免有人搭讪。搭讪的人文质彬彬，戴一副眼镜，瘦高瘦高。倘若他除去眼镜，会让我想起彭韦熙。让我想起彭韦熙的也许不是他的外形，而是我心灵深处折射出的影子。

这位朋友是一位大学教授。他端着杯子在我眼前晃，时不时地用手触碰着我的皮肤。我有点不屑一顾。

“您莫非就是大名鼎鼎的白天教授晚上禽兽？”我给了这位教授一个白眼。

“你这就落伍了吧，现如今，不想当禽兽的教授不是一位好教授。”

他的油腔滑调让我再次想起了熙熙。我有些沮丧，猛抽几口冰锐。他看出我的心事，凑到我的耳边对我说：“我喜欢你。”我继续喝酒，没有理他。直到我半醉不醉的时候，他开始在我身上乱摸起来，我挣脱开来，对着他吼道：“请问作为一个禽兽你压力不大吗？”

说着我踉踉跄跄地走出酒吧，回到了客栈。

第二天早上，我乘长途汽车去往丽江。

也不知道是不是心理作用，丽江的天空格外的蓝。而沿途的风景夹杂着“啊你傻子哟”一路开往我梦想的地方。同行的是一群韩国人。我在这里找到一家不错的客栈，名字叫“祥和苑”，是国家重点民宅保护区。这座民宅是那种老式的纳西四合院，房间装修简单却还舒适，院子里的大树看样子比这民宅的岁数还大。标准房 50 元一间。房东大妈跟我说他们家是丽江最早的古镇民居客栈，已经经营十多年啦。我跟房东大妈说我打算在这里住几个月，房东大妈满心欢喜地跟我说，那就给你优惠到 30 元每天吧。我盘算了一下，一个月也得花我 900 大洋。我需要在丽江找一份工作。

我漫步在古朴的小道上，这里除了深夜凌晨，白昼里一直是人声鼎沸，找不到我想要的感觉。但是我还是能看到丽江上一代又一代人的影子，从古朴到浪漫，再到前卫和放纵。都说丽江是一个一夜情高发地。陌生的男男女女，一个人的，三五成群的，目光的对视，激情的燃烧。更或者有失恋者或艳遇失败者独自在酒吧喝闷酒。深夜里，我独自走在古镇的石板街道上，看到不远处一个女孩坐在石板上，抬着头仰望着天空。我朝天空看了一眼，一轮圆月印在夜空中。我走过去问那位女孩：“你需要帮忙吗?”她的视线并没有从夜空里挪开，看都没看我一眼地摇摇头。我渐行渐远，却时不时地回头看她，她依旧看着明月，一动不动。

来丽江的游客大约分为四种：观光客，发呆客，发春客，过客。观光客只顾赶路，发呆客喜欢用手托着腮帮子，发春客多半泡在酒吧一条街，过客匆匆而来匆匆而去。

找工作一个星期以来，我发现大多数的地方需要招聘的都是“长工”，也就是能长期做下去的员工，合同一签就是两年的那种。像我这种一看就是来体会生活的散工只能被拒之门外。而每天的开支都在不受控制中。晚上我独自一人漫步在大研镇的酒吧街，这里的酒吧文化与其他城市不太一样。丽江的酒吧几乎是半敞开式的，由民居改造而成，条形的木桌子，没有很刻意的风格，古朴简约但却依然时尚。情到醉时，举杯皆为知己；酒到醇时，一饮满怀欲望。

我来到一家名为樱花屋的酒吧，这里人声鼎沸，游客和当地居民夹杂在一起。我溜达了一圈便出来了。走过酒吧，只听见身后拉客的店员高喊着：“美女，美女，这里的帅哥想请你喝酒。”我看着河里漂浮的河灯和嘈杂的人群，骤然觉得这个古镇很陌生。我问其中一位店员丽江哪里有演艺吧或者慢摇吧，店员告诉我在城外。

我打车来到一家名为翡翠明珠的夜店。和北京的夜店比，这里的夜店叫人有些失望。这个时段正是 DANCER 表演跳舞的时间，我在吧台买了一杯鸡尾酒后站在人群中看着表演。台上的女孩身材超级正，连作为女人的我都逃脱不了女色的引诱，难怪台下众多的男士情绪高涨。她穿着黑色皮靴和短至臀线的热裤，上身一件露脐的长袖T恤，凸凹身材玲珑有型。她的NEW JAZZ跳得很性感，走的是李孝利的风格。在酒吧里，女人们用身体的曲线挑战男人器官的极限。而这整个空间里除了弥漫着酒精的味道，还充盈着人类的七情六欲。

我走出酒吧接电话，无意中看到酒店门口张贴着招聘酒吧酒推的广告。于是再次走进酒吧咨询里面的主管，主管让我明天下午直接过来面试。

应聘酒吧的酒推倒不是一件难事，只要能接受熬夜上班。我很容易就面试过关了，第二天晚上便开始上班。由于生活变得开始有节奏了，所以我也开始用心地体会丽江的美丽与风俗。这里除了是旅游胜地，也有不少的文化人出没，例如我隔壁就住着一位设计师，年纪轻轻，高大帅气。房东大妈说，人家可是风流才子，以前在很多国家举办过展览，现在每周都有不同的美女出没他家。由于我晚上工作到凌晨四五点，白天睡到中午才起床，所以基本上没有机会遇到他。而且，在我的内心里，对这样的风流才子是有抵触情绪的。

坐在丽江古巷的台阶上看着天空中的星星，我常常自言自语：我的心啊，你还会动吗？你还有激情吗？你能忘记曾经的经历吗？忘记那些消逝的男人吗？当时间过去，我终会忘记我曾经义无反顾地爱过一个人，忘记他对我的温柔，忘记他对我造成的伤害，我对他再没有感觉，为什么会这样？原来爱情败给了岁月。首先是爱情使你忘记时间，然后是时间使你忘记爱情。

我每天晚上都能看见那位身材火辣的 DANCER，她名叫方星星，听起来好像和周星星有着千丝万缕的关系。她是藏族人，比我大一岁，这也是我问了其他酒推才得知的信息。他们说她在这个酒吧跳舞跳了两年了，一直比较火，因为曼妙身姿和精湛的舞技使酒吧的生意兴隆。

这天下午，我坐在院子里发呆，有时候写作没有思路的时候，我常会坐在某个地方胡思乱想。我们院子的房东大妈在家养了一只狸猫和几只母鸡，有时候看见猫追着母鸡跑，有时会看到几只母鸡群起而攻之。我开始想象鸡对猫说：“凭什么你就是宠物，而我们却要为人类下蛋，还要被他们吃呢？”“凭什么杀鸡吓猴，杀猫却被万人指责为虐猫呢？”猫在一旁寻思着回答：“这就是命。”是的，有时候我会觉得我们作为人类特没有意思，我们仿佛自由的个体，但是事实上，我们总被一种无形的力量操控着。

我们出生的国家决定了我们的外形，出生的城市决定了我们的语言，出生的家庭决定了我们的性格。没有办法完全自由，因为生下来就带着烙印。

我们要相信命运，但却不能过于相信命运。这种相信是一种积极的相信，而不是被动地接纳。例如正在此时，那位设计师已经走到了我的身边，命运让我回过神来诧异地看着他。

“你能帮我一个忙吗？”他也看着我。

而正是基于这一眼，让我彻底地不知所措，因为他的音容笑貌曾经那么刻骨铭心地烙印在我的大脑里，就仿佛一把利剑刻上去的，也好似一把烙铁烙上去的。这一瞬间犹如电视剧的情节，居然也会在生活中上演。

我并不知道自己内心情绪的变化和表面上所反映的变化是否一致，只知道他的表情是从色到惊再到惧。这种尴尬不知道要维持多久，直至他先开口：“梅悠，是你啊。”

“原来是你……”

如果什么都在我们的预料之中，那生活就没意思了。而生活给我们制造出的意想不到和出其不意让我们觉得生活或多或少还是精彩的，只是这种精彩是属于旁观者。

而那一个晚上，所有的事情再次席卷我的大脑，让我无法入睡。我彻头彻尾地失眠了，所有的事情历历在目，我无法再次去面对那张脸。索性我连夜就更换了客栈。

晚上我照常去酒吧上班。到达酒吧时，看见方星星站在门口着急地打电话，我问同事才知道，说是歌手的手机一直打不通，演出马上就要开始了。

方星星一直在门外打着手机，跺着脚，而主管则在一旁催她。她是演出队的队长，DANCER、SINGGER 都是由她负责联络的。她对主管说：“今天先上跳舞吧。”

“歌手怎么办？这一块是不能少的，你看能不能从其他场子调人过来。”

星星连忙打了几个电话，我们在这边听到的都是：“哦，那好吧，我们再联系吧。”

“我其他的朋友今天晚上都有演出。”她沮丧地对主管说。

看着他们着急的样子，我走上前去拍拍她：“如果没人我来唱吧。”

她看着我问：“你能行吗？”

“我以前唱过，没问题。”

其实刚说出这句话我就后悔了，因为我虽然有时候在公司年会上表演过唱歌，也被同事们夸奖唱功出众，但是在酒吧唱歌还是第一次，我没有十足的把握能调动起酒吧的气氛。

星星走过来对我说：“谢谢你救场，放心吧，你上去别把台下的人当人，他们的任何言行都与你无关，就当是来发泄、来放松的。”

星星拍拍我的肩膀，我点点头，深吸一口气。

我换上了方星星准备的衣服上了台，唱的是 Lady Gaga 的 Monster。

刚上台的那一刻，看着台下无数双眼睛，确实有些紧张，但是音乐一响起，我就彻底放松了，人潮起伏，助兴声声。没有人在乎你唱的是什么，或者音准和节奏把握得如何。他们只在乎你是否可以唱出他们此刻的心情和骚动，唱出他们卸下面具之后的全身心的放松。

我跳下台以后，方星星给了我一个热烈的拥抱并在我的脸颊上亲了一下，接着便上了台。表演结束后，方星星跑过来对我说："亲爱的，你唱得真不错，今天真的很感谢你。我那小妹太不像话啦。"

正在这时，方星星手机响起，由于酒吧的吵闹我听不清她在说什么，只是眼见着她的笑脸立马转换成焦急的神情，挂掉电话，她连再见也没说一声就拦出租车走了。

晚一些的时候，同事告诉我说他们的 SINGGER 出了车祸，在医院里抢救。我这才明白星星刚才的焦急。同事说那个女孩和他男朋友 K 粉打多了，在来酒吧的路上出了车祸。他们的标志 307 直接撞上了货车车厢，男孩当场死亡，女孩在医院抢救。

我在回家的路上，再次想到死亡。死亡，如此之近，触手可及。每天都有星星在陨落。生命的意义何在？死亡意味着什么？每当我闭眼的时候，我都把它当做是死亡。是的，我把睡眠当做死亡，黑色的，恐惧的，无助的。

第二天醒来的时候，我很难过，因为我知道黑夜又将到来。

第二天，酒吧换了一个临时的班子赶场。方星星晚些时候来到酒吧，神情很镇定，独自在酒吧喝着酒。我走过去试图安慰她。她看到我走过来，朝我笑笑，这样一种笑容包含着一种别样的意味。

下班以后，我和她漫步在丽江的江边。她一根接一根地抽着玉溪，是 28 元的那种。她回过头来递给我一支烟，我接过来却没有抽。她对我说，“她没有抢救过来”。那一刻我不知道说什么好，方星星继续说着：

“你知道他们怎么死的？”

“不是说是因为车祸吗？”

“他们又去抽麻果了。抽得人飘飘欲仙还开车，那就只能一命呜呼了。”

星星说话的语气异常冷静，你丝毫看不出她有多么的伤心。死的是她的姐妹，她说起话来却像是在议论今天早上在报纸上看到的新闻。

“我也抽那东西，其实抽一点也没什么，关键不能抽大了；其实抽大了也没什么，关键不能大了以后开车；其实抽大了以后开车也没关系，关键是你是否想去天国……”

她把自己扔的烟头又捡了起来，问我：“你抽过吗？”

我边摇头边说：“我觉得那些东西离我很远。”

她朝我笑了笑，对我说：“如果是我坐在那辆车里，我现在就见到上帝了。我总是记得七岁的时候，我和我的双胞胎姐姐去看刚出生的弟弟。结果我们走错了，走到了太平间，里面的人一动不动。你说为什么人出生的地方和死亡的地方离得那么近呢?”

即便星星在笑，但是我还是能感受到，她的疑虑大于忧伤。死亡就像这无尽的苍穹，黑色的极致是白色，我想大概天堂的颜色就是苍白无力的。我仰望梦寐的夜，深邃的黑，突然产生了由衷的敬畏，敬畏天空，敬畏大地，也敬畏时间。俗话说：唯有敬畏才能得救，唯有敬仰才有灵魂。

自此以后，我代替了那位去往天堂的女孩，开始担当酒吧的主唱，也开始和方星星形影不离。她家在香格里拉，有一个姐姐在南京工作，还有一个弟弟在武汉读大学。因为家庭贫寒，加上她在姐弟三人中成绩最差，所以很早就出来打工赚钱供姐姐和弟弟读书。她什么活都干过，洗盘子，导游，清洁工，保姆……她从小就喜欢跳舞，但是因为家里没钱，只能在家跟着电视里面跳。当时她和姐姐都面临着中考，母亲说家里穷，只有考得好的那个能上高中，分数低的读中专。星星心甘情愿地把这个名额让给成绩拔尖的姐姐，因为她早已瞄好了当地的艺校。她天生丽质，身材苗条而高挑，很容易就被艺校录取了。

“在艺校的生活很有趣，上一年级的时候，学校周围老出现暴露狂。所有的女生看见暴露狂都惊声尖叫，四处逃窜。这样一来暴露狂更加肆无忌惮，直到有一天，我看见暴露狂，走过去把他从下看到上，再从上看到下，朝他伸出大拇指。这一举动把暴露狂给吓走啦。从此以后他再也没有来了，学校也安静多了。”

星星边说边手舞足蹈。而我听到她的这个故事便开始捧腹大笑，前翻后仰起来。

我对星星说：“你还真是与众不同，那暴露狂肯定心想，这下遇到高人了，居然还有比我更变态的。”

星星给我讲述她大学生活的时候，我们正在逛商场，找了半天只找到了下行电梯，于是两人一对视，便开始踏着下行电梯往上冲，还没冲多久，我就被下行电梯带了下来，而星星摔了一跤，跪在地上，又是一阵傻笑。周遭投来了注视的目光，我们很享受。当别人把你当神经病的时候，自己却是可以把自己当明星的。这不是一种阿 Q 精神，而是一种没有干扰的全身心的放松，活着就是应当为自己而活。

星星的另类事件远远不止于此，她说她在大学时常在寝室上网，那段时间网络上很多人喜欢玩裸聊。有一次，一个网友要和她视频，她点了接受，视频一打开，看见一男人在自慰。星星没有关视频，直到视频那边的男人自慰结束，她发过去一个 OK 的 QQ 表情。那男人回信息给她：“别的女生一打开视频就关了，还骂我变态。你跟他们不一样，你真好，我决定送你 100 个 Q 币。”当天晚上星星查自己的

Q币余额，果真有100个。听着星星说的这些故事，我突然感叹其实每个人都是一本小说。而对于人的判断，我也越来越模糊。这样一个BT男，最起码他是讲诚信的。

这天演出结束后，我和星星在酒吧聊天。星星喝了不少的酒，又跑到舞池中央去跳舞，她自我陶醉似地很疯狂地跳着，我扯了扯她的裙子对她说：“亲爱的，你都走光了。”她咧着嘴大笑：“没什么，就当穿比基尼的。”她这回答让我大跌眼镜，不过这就是方星星的风格。

“一般来丽江的人如果不是游客，要么就是来疗伤的，要么就是来创作的。”星星问我，“你原本计划是来干嘛的呢?”

“这你还看不出，我是来体验生活的啊。”我笑着。

“体验生活，体验生活就搬到我那边去住吧!”星星拍了拍我的肩膀。

“哪里?”

“束河古镇，那里比丽江古镇清静许多，丽江古镇在几年前已经失去了它的原汁原味。在束河，你会有不一样的感受。”

# 香格里拉

搬到束河古镇的客栈，发现这才是我想要的丽江，古朴自然，人烟稀少。来这里住的人多半是来享受的，每个人的表情里都带着同一种懒洋洋的调调。我住的客栈叫印象原色，客栈旁边有一个很别致的小酒吧，名字叫做“十河会馆”，酒吧的小胡子主唱用他那沙哑的嗓音唱着曹方的《滴答》。这首歌在丽江很流行，每个小酒吧都会放。我和星星常爬到酒吧的屋顶上聊天嬉笑，晒太阳，听歌，喝果汁，如同上演着《屋顶上的猫》。女人如猫，而我们此时此刻是最慵懒的猫。

我在丽江待一个多月了，在这里每天看着蔚蓝的天空和形状各异的云彩，明媚却又寂寞；云彩和天空热烈拥抱后却又形同陌路。我们伸出双手抓住的不仅仅是空气，还有一颗宁静却又蠢蠢欲动的心。我变得更加的乐观和开朗，我热爱一草一木，我热爱美好的事情，我有了原始的冲动。

回顾自己谈的多次恋爱，都是一个轨迹，我似乎一直在和一个人恋爱，我只谈了一个男朋友，是的，他的名字叫“男人”。我似乎觉得男人女人本为一体，是原罪让他们分离，为了找到彼此，上帝让他们降落人间，曲终人散，分分合合，恩怨情仇，只有找到了彼此，生命才是完整的。

而在这个时代，男女间沟通的成本倔强地在增长，但爱情的时间却在缩短。我们往往用了太久的时间去放下，却用了太短的时间去抉择。成熟不仅仅是一种乐观的心态，而是在我余下的生命里，一旦遇到了懂得珍惜的人，哪怕经历千辛万苦也不会轻言放弃，我会执子之手，与子偕老。倘若一直没有遇到那个人，我也会乐观下去，去等待，去寻找，下一个，下一个，直到他的出现。

正因为这种豁达，我告诉了星星我来丽江的缘由。

“我觉得人和人只有分开了才能真正地在一起，离得太近只会渐行渐远。”

星星回过头来看看我：“你说话这么深奥。”

“你知道为什么连体人不能存活在这个世界上？”

星星摇了摇头。

“就是告诉我们，人和人之间要保持距离，尤其是男女之间。”我又在胡思乱想。

“这个说法有意思。”星星笑了起来。

“对了，你之前做什么工作啊？一直忘了问你。”星星问我。

“上班族呀，每天朝九晚五，跟机器人似的。”

“你为了上一个男朋友把工作也辞了，去成都找他的吗？”

我默然。

“你真是一个为爱痴狂的女人，那么执著。”

“你呢？你没有为爱情疯狂过吗？”我看着星星。

“有啊，不过现在我似乎更享受过程，不在乎结果，我自己似乎也不需要什么结果。”

“对了，我还不知道你现在有没有男朋友呢。”我问道。

“我不知道算什么？男朋友，情人，还是其他的。”星星回答。

“为什么这么说呢？”

“他不止我一个女人，而我也不在乎。”

我感叹道：“是啊，俗话说，男人都是用下半身思考的动物。”

“男人不是用下半身思考的动物，他们在用下半身思考之前上半身已经思考好了；女人才是用下半身思考的动物。”

我先是张大了嘴巴，而后想了想又频频点头，星星总有她的一套道理。

“想想你说得很有道理的，这都是你的经验之谈吧，想不到你还挺了解男人。”我笑笑。

“还行吧，普通了解。”星星歪着嘴笑。

“总结起来也就是男人很坏，却无可替代。”

听着星星说着像顺口溜一样的句子，看着她吐着烟圈，我开始哈哈大笑。她又递给我一支烟，我挥挥手："我不抽，我只抽二手烟。"

"亲爱的，你痛苦过吗？"我接着问星星。

"没有，就像我之前所说的啊。你看清楚了痛苦也就觉得那并不痛苦了。男的痛苦在于花了钱却没得到女人，女人的痛苦在于睡过了却没得到爱，爱情的痛苦在于心已经淡然，却还要在一起。看清楚了，还有什么可痛苦呢。"

"真有你的，你说的话还真经典，你都可以去当爱情教授了。"

星星说的话很有味道，幽默却深刻。我渐渐地喜欢上了这个直白、大胆、敢作敢为的女孩。她像黑夜里最耀眼的那颗星星，时而明亮，时而灰暗，却让人久久难忘。我想带她回北京，让她寻求更好的发展。

"星星，你去过北京吗？"

"没呢，我基本上就没离开过云南啊。"

"那你想去吗？"

"想啊，我想看看天安门。"她很兴奋地说着。

"那我们把工作辞了，这几天准备准备去北京吧。"

"行啊，不过我需要先回趟家，跟爸妈说一声，跟他们道个别。你跟我一块回去吧！"

"香格里拉吗？真的吗？我特想去哦。"这个如梦如幻的名字对我来说一直是个梦，而香格里拉离丽江也只要四个小时的车程。

我和星星相继辞去了酒吧的工作，一个星期以后，我们相约早上八点在丽江的长途汽车站见。我拖着我的行李箱，在长途汽车站等候着星星。不一会儿有人拍拍我的肩膀，我回头看见星星，脸上刚准备绽放的笑容在含苞待放时就夭折了，这种夭折让我的脸部几乎要抽筋，我想那必定很难看。她旁边站着的是莫毅。

星星介绍说：“这个就是我跟你提的那个男人，他一直要我带他去香格里拉，我一直没时间。现在有空了，所以就带他一起去看看。”莫毅很自然地跟我打了个招呼。我打着上厕所的由头把星星拽了过来，让莫毅帮我们照看行李箱。

“你真要带他去吗？”

“对呀，有问题吗？怎么看你脸色这么难看呢？”星星疑惑地看着我。

我低着头，一言不发。

“他这个人虽然女人很多，但是谈不上是什么坏人吧。之前我们约会的时候，我常看到他一个人颓废的样子，他告诉我他丢失灵感很久了，本以为可以在丽江找到，结果却是失败的。于是我建议他去香格里拉，他说他要和我一起去。”星星娓娓道来。

我依旧低头不语。

“悠悠，你担心什么啊，这里是我的地盘。再说，有帅哥陪伴多好啊，让人心情愉悦。”

我内心还在疑虑的时候，星星朝我咧嘴大笑：“没事，算是我们为中国艺术做出一大贡献吧，哈哈。”

我们乘坐大巴前往星星的家乡香格里拉，星星在车上酣然大睡起来。我觉得气氛有些尴尬，莫毅却很坦然地化解了我这份尴尬，他问我：“你来过香格里拉吗？”他牛就牛在他的开场白绝对不会是“你近几年都在干嘛？”或者“你过得好吗？”莫毅是个天生没有愧疚感的人，大概只有这样的人才能搞艺术，因为一切都是为艺术服务的。

“没有啊，我这也是第一次呢。”我只能配合他，为艺术服务。这样的一问一答，仿佛刚认识的陌生人。

我们的谈话把星星吵醒了，她揉揉眼睛看着我们坏笑：“你们不会趁我睡着了在调情吧？”

“没错，来到这么美丽的地方，我们确实是该调整一下心情。”莫毅笑笑。

“还有两个多小时才到呢，我们来玩个测试吧，我前两天收到朋友发的信息，据说超准。”星星拿起手机翻着短信。

“这个是测试感情的哦，以下景象你喜欢哪一种：1. 清晨细雨淋淋；2. 中午阳光灿烂；3. 傍晚红霞满天；4. 夜晚满天繁星；5. 深夜银月圆圆。”星星看着上面的文字一个字一个字地读着。

我带着兴奋的情绪思考了一会儿，最终选择了2，而莫毅选择了1。

星星开始哈哈大笑。

“快告诉我们答案。”我有些迫不及待。

“下面我来公布答案：选1的是到处留情，情人一堆；2是忧郁，但不缺情人；3是非常正直，感情专一；4是外表单纯，内心淫荡；5是性缺乏者。”星星一本正经地读着。

“那你选择什么呢?”

“我选5，哈哈。”

听罢，我们捧腹大笑，慢慢安静下来的时候我想到了丽江的那个丫头，在深夜凌晨的小巷里独自看圆月。莫非她也和星星一样是性缺乏者，这样想来让我觉得挺逗的。

在一片嬉笑中我们到达了传说中的香格里拉，在到达的那一刻我流泪了。我仰着头努力让自己的眼泪不流出眼眶。我觉得我置身于另外一个世界，眼前的一切都是如此的美丽和纯朴，藏民，牛羊，喇嘛。这里的天空比哪里的都蓝，这里的树木比哪里的都绿，仿佛上帝在作画时，在这里特地选用了最纯粹的颜料。当蓝色苍穹被千层白云释放的时候，我惊呆了。星星看着我哈哈大笑，而莫毅则大发感叹：“这里实在是人间仙境啊。”

在旅途中我总是用心灵和大自然发生着艳遇，鬼斧神工，似画非画，远处的云彩似乎海市蜃楼。我想到了詹姆斯·希尔顿的小说《消失的地平线》。小的时候，我曾经以为香格里拉只是一个传说，套用一句网络名言：请不要迷恋香格里拉，香格里拉只是一个传说。然而来过之后，我更加迷恋这里，迷恋这里的经历。

大千世界由两位元素组成：规律和无限奇迹。我似乎觉得每个人都是单纯的，只要你能够原谅，你可以用最原始的方式去对待这个世界。而生命又有什么不可原谅的呢？

在去往星星家的途中，莫毅问星星："这里的人都信什么教？"

星星说："这里的人信奉的是藏传佛教。"

我疑惑地问星星："它和普通佛教有什么区别啊？"

"佛教分为显宗与密宗，显宗就是我们讲的汉传佛法，密宗是藏传佛法，信的都是佛教，和尚、尼姑都是显宗的称号，喇嘛则是密宗的称号。虽然都是修佛的，但是修的方法不同，显宗是在观佛的无量福德，而密宗是观佛的神通，显宗是在清净中修，密宗是在浊里修，虽然它们的修行方法不同但是都是大乘的佛法，任何一门修好了一样能够圆满成佛，所以它们只是称呼不同，但是目的是一样的。"星星说得有模有样。

"你信藏传佛教吗？"莫毅问星星。

"当然，我们这里几乎每一个人都信藏传佛教。你们呢？"

"我信基督教。"莫毅说。

我没有回答。我什么教都不信，只相信自己内心的那一座神灵。

“虽然我信基督教，但是并非有神论者，现在的基督教徒都把教义看做一种信仰、一种寄托。”

“我在想一个问题，你们说宗教的创始人他们究竟是无神论者还是有神论者?”

星星瞅了我一眼，说道：“你们能不能别讨论这么深奥的话题?我都糊涂了。”

莫毅想了想说：“我认为他们都是无神论者，他们都是哲人。”

“就像我曾经说的，人的心和嘴隔着肺、食道，以讹传讹，总会变味，就比如一个苹果和你用语言描述的苹果永远无法等同。宗教的创始人其实都是哲人，只是人类的语言有限，每个人的理解能力有限，所以哲学用了另一种方式传达，这样就产生了宗教。”我灵感突发地说出了这样的话。

话音刚落，就听见有人鼓掌：“这句话太经典了。”

星星摸着莫毅的脸问：“莫非你找到丢失的灵感了?”

莫毅说：“有点眉目了。”

他继续说：“你们知道杜尚吗?”

“是那个给蒙娜丽莎添上小胡子的人吗?”我回答道。

“是的，后现代艺术之父。有时候我很想了解他每个时期大脑里都在想什么。不知道是因为现在的人都没有这种想象力了，还是现在人的想象力都太丰富了。”

“这要问你们这些艺术家啊。”星星说。

“我不是艺术家。当今的中国没有艺术家，虽然我不知道这是什么原因。”

莫毅想了想继续说：“你们知道吗？我一直找不到灵感，是因为我陷入了思想的困境。在上学的时候，我的灵感很多，也创作出了很多不错的设计作品，在国内国外获过奖。但是自从举办了几次个人展览以后，某一天我发现自己突然丢失了灵感。人到了一个阶段以后无法再前进了，无法再突破了，觉得怎么走前面都是死胡同。”

“这是为什么呢?”星星迷茫地看着莫毅。

“你知道一旦我创作出了好的作品，获得了名利和金钱，我的思想和设计就按照那样一个模式进行。也就是说，我从艺术变得商业了。我知道自己存在的问题，但是我却找不到出路，也就是从这一点上来说，我无法控制自己。说得通俗点吧，就例如周杰伦的歌吧，第一张和第二张专辑千变万化，灵感丰富，因为他没有拘束。你在他现在的专辑里还能听到像《忍者》、《老斑鸠》、《娘子》那样怪异奇特的创作吗？现在的音乐都是《安静》的延续。”莫毅停了停，接着说：“周遭的朋友都认为我很成功，我却总觉得缺点什么。于是我来到了丽江，在丽江一待就是两年。但是我还是没有找到我遗失的灵感。”

我边听着莫毅讲述他的困惑，边思考着。曾经也听一个搞艺术的朋友说：赚钱是硬道理，没有金钱就没有艺术。中国没有真正的艺术和艺术家的原因是经济不够发达。

几乎所有的艺术家在创作期都贫困潦倒，后来成名赚钱了，反而很难再有伟大的作品。就比如你让张艺谋、冯小刚再去拍艺术片可能也很难了，他们不愿意也创作不出。不是所有的人进入红尘，都能出红尘的，这依然是人性。所以有艺术天分的人在自己贫穷的时候应该多创作点东西，等有钱有权了是很难创作出当初的东西的。你的感知变了，心境也变了。

“我有位朋友说只有经济发达了才能出艺术家，人们在物质生活得到满足时才会追求精神世界层面的东西。但是我认为就艺术的产生而言，与经济是否发达无太大关系。艺术相反产生于贫穷，艺术被先驱们用来改造社会，使社会进步，而在社会大众物质富足的时候，这种艺术才被他们所认可和接受，所以艺术是促进经济发展的。正如当年的文艺复兴推动了英国的工业革命。”我阐述着自己的看法。

“其实这只是宏观和微观的认知不同，你的朋友说的是宏观上，当一个社会，一个时代的经济发展到一定的程度，必然也会产生一定的艺术。经济与艺术也是相辅相成的。但是就个体而言，艺术大多产生于贫穷，富裕会毁掉人的灵感。”莫毅辩解道。

“但我认为思想决定艺术，艺术促进经济发展。所以中国缺乏艺术家的原因，不是中国的经济不够发达，人民不够富裕。而是缺少一种对既定文化的冲击，一种思想的碰撞。”很显然，我是搞文字的人，所以会更加强调思想的重要性。

莫毅说道：“你挺有见解的，不过我认为经济、思想、艺术这三者是相辅相成、互相制约的。”之后他便陷入深思之中。晚上我们在星星家里吃糌粑，烤牛羊肉，喝青稞酒。星星换上了藏服。酒过半醉，我们三个人在他家跳起了藏族舞蹈。星星的藏名叫嘎玛。在藏语里，太阳便是“尼玛”，月亮叫做“达瓦”，星星叫做“嘎玛”。他们家姐弟三个分别就是月亮、星星、太阳。

我正在思索着星星的姐姐与我以前的家庭教师同名时，星星便把他们家的全家福拿给我看。然而正是由于这一眼，我才发现此方月亮正是彼方月亮，那个代替我母亲的人，那个我应该叫她后母的人。我想我在那一刻很好地掩饰了内心的惊异与矛盾。而整个晚上，星星都让我睡在之前月亮的床上，这种触觉更加深了我对这么多年来自己的遭遇的不满，而我也毫不吝啬地把这些全部都加罪于方月亮身上。如果当初父母没有离婚，我想很多事情都会不一样。很多事情发生在他人身上，我们都能够用多方位、全面的角度去分析，而当它真实地发生在自己身上的时候，往往是无论如何也做不到理智地去面对，做不到换位去思考。

我一夜没睡。天还没有亮，我就提着行李走掉了，目的地当然只有一个——北京。

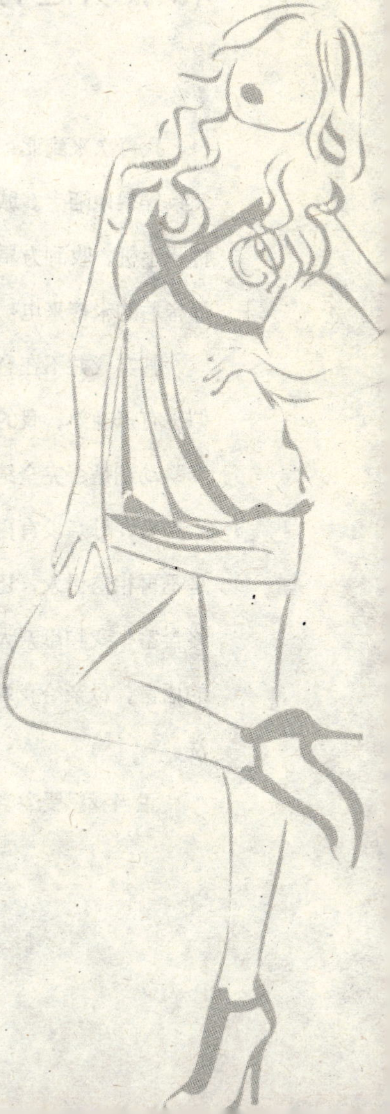

# 北京欢迎你

我再次来到北京，在飞机上还有一种亲切感的我，一落地便觉得北京异常地陌生。城市的日新月异比人变化得要快很多。回家的路上打开手机，收到方星星十条消息，我一条也没看，接着收到的便是我静音后的未接来电。

其实我并不在意北京是否欢迎我，我只在乎母亲是否欢迎我。我似乎有点晚熟，我的青春躁动期让母亲花白了头发，我不确定这种青春躁动期是否完全结束，但是当我看到母亲的那一眼，我热泪盈眶。十年来，母亲没有再找伴侣，我们母女俩相依为命，我并不知道母亲是不再相信男人，还是对我倾注了太多的爱。国人对于感情的表达始终含蓄，我和母亲大半年没见，我们没有热烈的拥抱，没有表达感情的语言，母亲给我端来一碗银耳汤，接着把我行李箱里的衣服拿去洗。

正当我感受着含蓄、深厚的母女情的时候，母亲开始提熙熙的事情，一唠叨就是几个小时，而且越来越生气。我始终按捺着自己的脾气，尽量左耳进右耳出。这种感觉就好像当年大学生宿舍楼下摆放着求爱的蜡烛，刚刚点燃就被一盆洗脚水给浇灭了。

以前公司的同事洋洋给我打电话说，听说我回北京了，几个老同事想约出来聚聚，我应邀前去，没想到张帅也参加了这次小型聚会。我们约在西单吃烤翅。洋洋一见到张帅就打趣地问他：“帅哥，没把你媳妇带出来呀？”

张帅看了我一眼说：“没呢，她在家做家务呢。”

“你怎么把人家当保姆使唤啊？”洋洋继续逗他。

我也应和着：“张帅你结婚了，怎么也不通知我呢？”

张帅尴尬地看着我说：“没有大操大办，就几个亲戚吃了个饭而已。”

我使了个招逗他，给他发了一条信息：你之前不是说会一直等我的吗？怎么我还没结你就结了啊？

过不了多久，我收到了他回复的信息：这就是我等你的方式啊。

看着他的回复我更想笑了，“我会等你的，用恋爱、结婚、生子的方式等你”，我想这句话说出去，也会成为网络流行语吧。席间，同事们都在问我关于小说的事情，有几个同事还嚷着让我签名，被我回绝了。

接下来的几天里，我常常陪母亲去楼下小公园溜达，去超市，去商场买衣服。我想把我之前对于母亲遗失的亲情给弥补回来，母亲提着菜篮子在我前面走着，比我矮大半个头的母亲竟然让我有种想保护的感觉，我觉得我开始异想我和母亲的角色颠倒了过来，大概在我没有孩子以前，我会把母亲当孩子一样去爱。这种想法似乎有点变态，但是却异常的真实。

人说只有当你为人父母的时候才会理解你的父母。但是这种理解是具有讽刺意义的，当你理解自己父母的时候，你已经没有足够的精力去爱自己的父母了。很多人会说，父母最大的幸福是希望子女过得好，早点成家立业，有没有时间关爱他们无所谓。其实这只是把父母的无私当做自己自私的借口罢了。人都是有私心的，爱都是渴望回应的。所以在自己单身的日子里，不要去浮躁不安地抱怨单身的无趣与痛苦，不要去浪费时间在与陌生人们的擦肩而过上，把这些时间花在与父母的相处上，真心地去爱自己的父母。因为在不久的将来，你们将会分开很久很久，甚至到父母离开这个世界。不要抱怨单身的时间太长，其实它太短了；不要羡慕别人的爱情和婚姻，因为它将会是很长。

“妈妈，你好可爱啊。”我走过去挽着母亲的胳膊。

母亲笑着说：“你这孩子，没大没小的。”

“我有时候觉得您才像孩子呢，这么多年，您没觉得孤独吗？”这样的话我已经不是第一次问母亲了。

“为你操不完的心，还哪来的孤独啊。”母亲还是那句话，但是母亲的回答完全是答非所问，因为这完全是两码事。

“难道说你还没忘记他？”我不想称呼他为爸爸，因为已经很多年我没有使用这个汉语单词。我根本分不清楚自己是不愿意去使用，还是不习惯去使用它。

“你还是先管好自己的事情吧，少让我操点心。都这么大年纪了，还是傻头傻脑的，看人都看不清。”

“我哪有。”

“没有你怎么会接受彭韦熙那样心术不正的男人？”

我内心想着，幸好母亲只知道彭韦熙，要是之前的几个男朋友的故事她都知道，我估计会在唾沫中被淹死。

我和母亲从超市回来，远远地看见楼门口坐着一个女人，不是别人，正是方星星。她的身边放着一个很大的行李箱。我招呼母亲回了家，把方星星带到我家旁边的小咖啡屋。

我们面对面地坐在小咖啡屋里。两个人觉得有些尴尬，这种尴尬之前是绝对不会发生在我和方星星身上的。

“你是怎么找到这里的？”

“你怎么不辞而别?”

这两句话是异口同声地发出的。

“你忘记了，你在丽江让我帮你给你母亲寄东西的时候，把地址用短信发给我了。”星星解释道。

我依然默而不语，一时间不知道说什么好。人在思绪复杂而纠结的时候往往会物极必反，也就是我的大脑其实是一片空白的。而这个时候如果没有人问我问题，我是一句话都说不出来的。

星星重复道:“悠悠，你为什么不辞而别呢?”

“因为……”

我用手扶住脑袋，似乎它已经沉重得只依靠脖子是支撑不住的了。

“星星，你还是回去吧。”我终于开口了，我知道自己的这句话似乎听起来有点残酷，“有些事情没法说清楚，我这段时间也遇到一些问题，你来北京我也没法照顾你，你还是回去吧。”

我万万没想到的是，潘多拉的魔盒打开以后就没有办法关闭。我独自离开了咖啡屋，内心却没有一点好受，似乎比见到她之前更加难受。脑海里不时地冒出星星拖着沉重的箱子在这个陌生的城市里漫步的样子，继而出现她提着箱子去往火车站的身影。晚上，我终于忍不住拨了她的手机号。

“星星，你现在在哪里？”

“我在一个小宾馆里，我也不知道这里是哪里。”星星回答。

“明天你来我家住吧。”

挂上电话，我并没有告诉母亲实情，而是说星星是我在丽江认识的朋友，人很好，我也去她家住过。她刚来北京，人生地不熟，先在我家暂住几天，母亲答应了。

星星在家里的几天，每天帮着母亲做清洁，和母亲聊天，相处得特别融洽。我看着此情此景却没有半点开心，觉得这真是人生的莫大讽刺。母亲出去买菜的时候，星星跑过来跟我说：“你母亲人真好，特别会养身，每天都教我做菜煲汤。”

“是啊，之前我们家的重活累活都是母亲干，她要是不会保养早就累垮了。”我笑着。

“你爸爸不干吗？”星星问我。

星星的这句问话比之前的景象更具有讽刺意味，我经过几番思索，觉得星星不能在我家长住，终于决定把实话都跟星星讲了。

“星星，陪我出去买点东西吧。”我和星星一起出门了。

“你一直想知道为什么在你家的那个晚上我不辞而别吧？”我边走边说。

“是的，为什么呢？”星星疑惑地看着我。

“我先问你几个问题吧。你的姐姐方月亮是在南京读的大学，是吗？”

“是啊。”星星眼神里流露出的疑惑逐渐加重。

“你姐夫是不是比你姐大20岁？”

“是啊，你怎么知道？难道你认识我姐？”星星急切地想知道答案。

“他是不是叫梅志强？”我并没有直接回答星星的问题，其实在我提出这些问题的时候，我已经知道答案，我只是想通过这些问题，让星星自己找到答案。

“你也姓梅，莫非他是你亲爸爸？”

星星的嘴被空气撑开了，久久不能收回，时间仿佛在那一刻停止。而世界上就是有这么巧的事情。这种巧合仿佛不存在于真实的生活中，仿佛只是在小说中才可以看到，所以当它真实地发生的时候，所有人一时都接受不了。

星星当天就向我母亲告别，提着行李走了，我问她去哪里，她告诉我她要回趟家。而我相信以星星的性格，她一定会把这件事情刨根问底，调查清楚。

这么多年来，我一直没有去见过我的父亲，因为在我的内心里种满了仇恨。在我的潜意识里，我甚至把自己人生各种不顺的遭遇都归结于我的父亲和我的家庭教师，归结于是他们给我造成的破碎的家庭，以至于一系列痛苦的遭遇。

我独自走在北京的大街上，想到了自己的来来回回，往返于这座城市。虽然我感觉到这里的空气还是那么的适合我，但是这种重复让我想起了《等待多戈》这部剧目，正如贝克特所言，人生就是这样，既难活，又难死，既有希望，又很绝望，永远都是周而复始地循环轮回。也有点像《云上的日子》里的台词：“你害怕的是死亡，而我害怕的是生存。”

如果可以，我想远离。

远离什么?

远离肉体。

肉体的缺点之一是太多欲念。如放弃细微的乐趣，你会得到广阔的宁静。

古文里说得更简洁：浴不必江海，要之去垢；马不必骐骥，要之善走；食不过精，充饥即可；衣不过华，御寒则可。即便我现在明白这些道理，我还是做不到放下一切，因为出生注定和欲望捆绑。我曾经想过独自去一个没有人烟的孤岛上住上一个月，关上手机，和外界断绝一切的来往。但那只是向往，向往永远只是向往。我有欲念，有太多的欲念，被这些欲念折腾得很难受，我努力得到这个欲念的目的是什么？如果我们每一天都是为了明天，而最终的明天是死亡，那么我们做的所有事情都是为了死亡吗？而死亡只是和所有的感觉说再见那么我所做的一切就是为了感受，好好地感受，感受所有不同的感受，仅此而已。

在北京，我需要恢复正常的生活。我联系到以前为我出书的出版社，他们推荐我给一本知名的杂志写专栏，稿费不低，对付我的生活绰绰有余。平时写写专栏，同时继续进行着自己的第二本小说，每当独自一个人去逛街的时候，我会想念孔灵，也会想到方星星。

古语说，说曹操，曹操到；其实，想曹操，曹操也会到。就在与孔灵失去联系一年多的今天，我意外地接到了她的电话，不仅是接到了她的电话，更让我意想不到的是电话里的内容，孔灵要结婚了。婚礼在下下周末举行，地点是北京的希尔顿大酒店，她邀请我和我的男朋友参加。而处于空窗期的我只有单身赴宴。孔灵结婚的对象不是别人，正是周振羽。谁也没有想到，包养可以包出婚姻，看来这个世界的幽默感太强了。

电话再次想起，依然是孔灵：“悠悠，干脆你给我当伴娘吧，我周围的姐妹们不是结婚了，就是已经当过两次，不敢再当了。我想来想去只有你了。”

“好呀，我还没当过呢。”我总觉得当一次伴娘，可以让自己觉得离婚姻更近了一步，不过婚姻就真的值得人羡慕吗？起码孔灵的婚姻并非值得我羡慕，她老公靠包养认识的她，我真不敢保证他结婚后不会出轨。孔灵的婚姻让我联想到的是嫖客与妓女的爱情。

从爱情的角度来说，在这个利益分明的社会里，女人很容易在爱情里患得患失，而这种患得患失首先是把自己放在了低于男性的角色里，觉得我成为你的女朋友，和你睡过了，浪费了我的青春，你却很小气，没有给予我物质，我划不来；倘若对方给予了物质，这样内心才平衡。我想妓女在工作完后没有得到报酬也会心里不平衡。这是一种类似妓女的爱情观。而男性持有一种类似嫖客的爱情观，既然你找我索要物质，那我就有权利更换对象。当一位女性朋友谈恋爱时，周围的朋友都会问她“男朋友送你什么了？”而不是问“他对你怎么好了？”这种现象遍布大街小巷。

周围很多单身女性朋友都想找对自己好又有钱的男人，这样的男人不是没有，但是首先这个好包含的是什么？如果专一不包含在内，那么这样的男人中国还是存在的。其次是你能给他什么？他可以给你好和钱，而你却只能给他好，这样是不平衡的，注定关系瓦解。

孔灵约我去挑选伴娘的礼服，而我这伴娘的待遇是相当地好。楼下的宾利发出高贵的喇叭声，催得我手忙脚乱，为了与孔灵的车相匹配，我赶紧背上俗不可耐的LV包包。我下楼走到车前，驾驶座上坐的并非孔灵。孔灵在后座上招呼我上车。“好久不见，你简直像变了一个人，真漂亮啊。”我看着孔灵精致的脸庞。

“我这张脸花了十几万呢，专程去韩国弄的。”

她从上到下，从化妆品到包鞋，没有一样是不带牌子的，BIRKIN、GUCCI、PRADA、CHANEL……我知道孔灵离开的这一年得到了她想要的东西，那种真实存在的可以抓牢的东西。

我试着伴娘礼服，边试边和孔灵调侃着：“你可真行，怎么会想到和他结婚的啊？我还以为你们是纯粹的利益关系呢。”

“一开始是这样的，但是后来我们发现我们爱上了彼此，所以决定结婚。”孔灵的回答始终有点底气不足。不过在外人看来，她是幸福的，什么都有了，一下跃身到上流社会，衣食无忧，豪车名牌，一辈子也用不完的财富。

“你们结婚以后还回香港吗？”我问孔灵。

“不回了，我们决定来北京发展，现在香港影视投资市场不如内地的市场大，政策好，本来周就是大陆人，所以他也决定回来发展。”孔灵戴着墨镜坐在一边喝咖啡。

“那他……”

“不说他了，对了，悠悠你什么时候回来的？”孔灵赶紧转换话题。

“回来有一阵了。”我回答道。

“你男朋友跟你一起回来了吗？”她喝了一口咖啡。

“我们早就分手啦。”这个话题让我再次想到彭韦熙。我的思想甚至开了会儿小差，我在想彭韦熙现在究竟怎么样了？是继续这么一直扭曲着自己的人生，还是得到了某个比我更强大的女人的救助与包容。我希望这种救助是精神上的，否则会适得其反，会加重他的病情。

“哎，现在的男人都是这样的。”孔灵的一句话把我的思绪拉回到现实中来。

孔灵点了一根烟，说：“这个社会，还有什么爱情啊，我觉得相信爱情就是傻瓜。我已经从那个傻瓜阶段走出来了，我只相信自己能抓住的东西。趁自己年轻的时候早点把自己嫁出去吧，悠悠，这个社会很现实，年纪大了，真没人要了。”

上一秒钟她还说因为相爱才决定结婚，而下一秒钟，她就给了自己一耳光。孔灵终于讲了一句实话，这句在我听来很刺耳的实话，并非放之四海而皆准的，但是却是发自她内心的。而我现在才发现其实从一开始她就是现实主义者，而我还是活在我的理想主义里。爱情就是个奇迹，没有规律可遵循。相信奇迹的人就会相信爱情，不相信奇迹的人自然不会相信它。相信爱情的人可能会得到爱情，不相信爱情的人一辈子得不到爱情。

“这件怎么样？”我从试衣间出来。

“这个颜色衬你的肤色好像深了点。”孔灵弹了弹烟灰。

“也是的，我再看看。”我继续挑选礼服。

“亲爱的，你现在过得幸福吗？”孔灵问我。

“我还是老样子，写作，旅游，单身。衣能裹体，食能果腹。”我笑着。

“依你的条件，找个中产阶级绝对没有问题，不用自己这么辛苦的。”孔灵看着我。

“我记得小时候，我们过得多么的无忧无虑，随着年龄的增长我们会有越来越多的烦恼；记得我们刚认识的时候，刚刚踏入社会不久，对这个世界抱着美好的希望，即便生活艰苦，我们却依旧开心，但是现在，你什么都有了，过着上流社会的生活，我却看不到你肆无忌惮的笑，看不到你发自内心的快乐。”

孔灵吐了口烟圈：“曾经有多快乐，就会有多痛苦。现在丢失了快乐，痛苦也跟着没有了。我知道你是一个勇敢的人，而我做不到你那么勇敢。”

我们最后选定了一件香槟色的小礼服，肩膀上有一朵巨大的向日葵。孔灵说向日葵很像我，总是向着阳光，总是越挫越勇。而她做不到，她认为婚姻不是爱情的结果，而是性欲到责任的过渡。我问她爱情究竟是什么？她说，它什么也不是。

自古以来，关于爱情的话题都是说不清道不明的。是什么导致了这场男人与女人之间的恶性博弈？除了社会问题以外，我看到的更多的是人性脆弱的一面。当第一个男人不成熟地对待她的第一个女朋友，因花心而抛弃他的女朋友，甚至对他的女朋友只是玩弄而已的时候，本来投入真感情的女生就会以报复前男友的名义报复后来的男朋友。谁知道后来的男朋友对她却是真心实意，这样就导致了后面的男朋友受到伤害，于是将这种伤害不断地传播下去。有人常常感叹：为什么好女人总是遇到坏男人，而坏女人却总是遇到好男人呢？而在这样一种博弈中传递下来的都是“坏”的感染了“好”的。说到底，这都是人性的脆弱导致的。倘若被抛弃的这个女孩坚持自己的真爱和付出，不惧怕受伤害，这样一种恶性循环就会在她那个环节终止。

有人一定会说，一直没有遇到正确的人才是根本问题。但是现在社会上同样流行一种说法，人在谈过五次恋爱以后就不会爱了。也许当你遇到正确的人的时候，你们之间已经没有爱情了，那只是一种利益的构架和责任亲情的延续。无论是在一次次爱中变得爱钱的女人，还是变得花心的男人，还是爱不起来的男人女人，都是因为人性的脆弱而让整个社会的爱情看起来如同嘴边的笑话一样，没有人愿意去相信。

爱情是什么？爱情就是原罪。当亚当和夏娃偷吃禁果的那一刻也绝对不会想到他们的后代放弃吃禁果。战争年代我们流尽鲜血，和平年代我们寸步难行，动乱年代我们爱得死去活来，安逸年代我们死活不爱。无论是战争还是动乱，都能激起人性中坚强的一面。坚强是需要激发的，否则脆弱会任意滋生。

“感觉是最靠不住的东西。”可是没有感觉，那还是爱情吗？你可以管它叫“繁衍后代”，叫“休息的彼岸”，但绝不能叫爱情。也许在中国，婚姻真的与爱情无关，婚姻只是和谐，是融洽。因为中国人变得越来越现实，并且享受这种现实。现实往往更多的结果是外表看起来光鲜靓丽，幸福美满，而内心的感受只有自己知道。这样看来，现实往往和虚荣挂钩，然而人终究是人，无法摆脱人性，所以超越了极限的苦闷，终将会在婚姻里出轨。其实人活一辈子，从出生到入土，活着就是一种感觉。

# 对不起，我爱你

星星回来的时候已经是一周后了，她不愿意来我家住，自己在三环租了一间房子。我去的时候，她还在整理东西。

“悠悠，你坐吧。”她从冰箱里拿出果汁递给我。

“我代表我家人向你道歉，请求你们一家人的原谅。”她从来没有呈现过如此严肃和愧疚的表情。

其实在我把星星接到我家来住的那一天开始，在我的内心深处已经原谅了星星，甚至她姐姐月亮。

星星继续说道：“我去了趟南京。”

“你见到你姐姐了？”我问星星。

“见到了，本来我是去问罪的，可是我一去就傻眼了。”

“怎么呢？”我疑惑地看着她。

“我姐姐苍老了很多。你爸的公司因为亏损倒闭了，他每天买醉。姐姐在外身兼两职，为了养家。姐姐好不容易怀上一个孩子，因为工作太累也流产了，到现在都还没怀上第二个。姐姐抱着我哭，让我什么都别告诉父母，就说她在南京生活得很好，最近工作有些忙，等忙过了再要孩子。其实我看得出她是很希望能有个孩子的。看见姐姐的生活状况，我哑口无言，我没有办法开口，没有办法去质问她。但是我还是把你的事情告诉了她。”

星星说到这里，我再次想到了世界能量平衡的规律。能量守恒贯穿于我们的生活和生命。你从这里拿走的，你会在那里偿还。你在这时失去的，你也会在那时得到。

星星给我讲了她们姐妹俩小时候的很多事情，一起生病，一起恋爱，一起睡觉。“我们俩小时候经常不穿衣服抱在一起睡觉，现在看来似乎很像同性恋哦。”星星乐在其中。

“其实，这几天我想了很多。”我用手捋了捋头发。“是的，因为你姐姐之前对我的家庭、我和我母亲造成了很大的伤害，我无法做到和你做朋友，这也就是我不辞而别的原因。”

“你为何后来又愿意接纳我住你家了呢?”星星看着我。

我的脑海里闪烁出很多我们在云南的画面。我告诉星星：“正如一部电影里说的：其实宽恕，并不是那么困难，只是释放心里那痛苦的一面。我们都只有两万天的生命，面对平等的生命，我们有什么不可原谅的呢？是的，一百年后，我们都成了灰烬，还有什么怨恨能带到另一个时空里呢？”

星星的眼泪在眼眶里打转：“其实我并没有奢望你真的会原谅我们。”

“星星，这两天你有时间吗？我想去南京一趟，想让你跟我一起去。”我问星星。

“我有的是时间。”星星回答道。

“好吧，那就后天吧。”

我喜欢现实，赤裸的疼和赤裸的乐。每一时刻来得都那么的清晰。两周后我们两个拖着行李箱去了南京，星星探望她姐姐，我探望父亲。在淘宝网上买的打折机票简直和火车票一样的价格。而两个小时的飞行，我们很快就落地了。那一刻我的心情是复杂的，离开家乡也有四年多了，这里弥漫的味道还是如此的熟悉。南京在历史上是一个悲情的城市，以至于每每我提到我的家乡我都会鼻子发酸，而到达这里的那一刻，我早已泪流满面。

我们打车去父亲家。一路上的景色勾起了我对童年的回忆，摆地摊，买漫画书，和爸爸妈妈去游乐场，历历在目。就像一部老电影采用倒叙的手法展现在我眼前。每个人都拥有自己的一部老电影，随着时间的推移，这部电影越来越老，也越来越值得回味。

星星并没有告诉她姐姐我要去。只是说上次有东西忘记给她了。

在父亲家的门口，我足足站了有十分钟，不敢敲门，星星并没有催我，她懂我此刻的心情。说原谅容易，然而真正能做到是需要巨大的勇气的。我知道，从我的手触到门的那一刻起，我真正的释怀了。

方月亮打开了门，她披散着头发，不修边幅，表情有些僵硬。我朝她微微一笑，朝家里看去，家里还是原来的老式家具，墙皮也开始倔强地脱落。我一眼就看到了父亲，他坐在沙发上看电视，半醉半醒地问：“星星来了吗?”当他回过头来看见我的时候，在那短短的几秒钟里，他呆住了。他目光呆滞地看着我一动不动，直到眼泪即将从眼眶涌出的时候，终于开口了：“你来了！悠悠。”我看着八年未曾见面的父亲，鬓白的头发和布满皱纹的脸，终于释放了自己的泪水，喊出了那个对我来说异常陌生的字眼：“爸爸!”当这两个字从嘴里迸发而出的时候，我觉得自己的嗓音变得有些奇怪，好像在那一刻又来了一次发育，又来了一次变声。

父亲拿起桌边的白酒又开始灌起自己来，我知道他此时此刻内心一定很不是滋味。我走上前夺过酒瓶。“对不起，对不起，对不起……”父亲说了100个对不起，就好像上了发条的钟表一样，一时间怎么也停不下来。我放下酒瓶，抱住了父亲。我觉得自己的哭声很大，仿佛时间一下回转到了童年，我肆无忌惮地哭着，只有在亲人的怀抱里我们才能做到这样。父亲却不敢碰我，他依旧说着：

“悠悠，我对不起你们啊。”而我此刻内心也如上了发条一样拼命地叫喊着：“对不起，对不起……”原来“对不起”是可以传染的。仇恨可以传染，宽恕可以传染，感恩可以传染，愧疚也可以传染。

临走的时候，我拉着曾经的家庭教师方月亮的手说：“谢谢你这么多年一直照顾我爸爸。”

其实生活的戏剧化高于小说的戏剧化，因为小说来源于生活。就像某位导演说的，其实生活要比我拍的电影变态100倍。对于人生，倘若走得太快，就没有机会看自己留下的脚印；如果走得太慢，剩下的就只有脚印。当我们两个人的身影浮现在这精致都市的剪影里的时候，我似乎感觉到了自由、乐观与豁达。自由地真正享有才是发展的最终目的，财富的意义只在于它可以帮助我们做想做的事情。

因为要赶回去参加孔灵的婚礼，我在南京并没有逗留太久。我和星星一起回到北京的时候已经是晚上八点。回到家里，我把所有的故事全盘托出告诉了母亲，我希望不仅自己的心灵要得到释放和自由，母亲应该和我享有同样的权利。

“傻孩子，这件事我早就想通了，我一点没有责怪你的父亲，也没有责怪月亮。你那位姐妹星星，让她尽管来家里住，一点问题都没有。”在灯光下，那一刻的母亲显得格外美丽动人，而那一刻我也意识到原来一直耿耿于怀的是自己。

母亲说："隔壁小明的父母也离婚了，小明跟着母亲嫁到了李叔叔家。小明现在和李叔叔相处得可好了，一口一声的'爸爸'叫着，比亲爸爸还亲。街坊邻居就议论，有的说这孩子没骨气，有的说这孩子有奶便是娘，可是我觉得小明才是最聪明的。什么尊严啊，骨气啊，都好不过和谐。妈妈之所以没有和你爸爸联系，是因为不想去打扰他们新的生活。"

那一刻，我的眼睛再次湿润了。母亲在我心中的形象大为改观，其实她才是生活的智者。我们的生活中隐藏着很多生活的智者，而这种智慧我认为是在画一圆圈。例如倘若你生下来就是一个弱智，那么你会一直很快乐，没有太多的想法和奢望；倘若你生下来就是一个正常人，那么随着年龄的增长，你对社会和生命的认识不断加深，你会越来越痛苦，直到达到这样一个境界：活得像一个上进的弱智。你就会发现自己又回到了原点，这个原点和之前的原点在自身的感受上是一样的，又并非一模一样。事实是，这个原点比之前的原点的位置要高。也就是说，我们的认知是在以螺旋状的状态不断地向上。

孔灵似乎在上演一部《我的盛大北京婚礼》，婚礼规模之庞大，场面之奢华是我前所未见的。周振羽包下了整个酒店和草坪，两人直接从直升飞机上下榻到酒店，而很多亲朋好友、媒体记者们也是乘坐专机到达北京。婚礼的现场摆满了成千上万朵玫瑰，金碧辉煌得犹如皇宫神殿一般。我则是带星星一起去的。星星也是第一次见到这样豪华的场面。

星星问我：“悠悠，羡慕吗?”

“没太大感觉，我想等我结婚的时候，简单的形式就好了。”有时候我觉得场面的庞大是在遮盖内心的脆弱。

而我在冥冥之中也感受到了孔灵的变化，人一旦爱上了金钱与财富，虚荣就将伴随左右；人一旦拥有金钱和财富，头就会比平时抬得高很多，也正因为头抬得太高，很容易造成脸部肌肉的不和谐，脸上呈现的更多的是不真实的表情。

我拿着一束鲜花紧随孔灵。孔灵凑到我的耳边说：“今天来的多是商界、政界要人，你要好好把握啊，找个有钱的，后半辈子都不会受苦。”

我笑着说：“你看你，大喜之日还为我着想，还是好好享受自己的幸福时刻吧。”

商人们、明星们西装革履、珠光宝气地步入会场，眉来眼去，有说有笑。正当我麻木地看着眼前的一切的时候，有人在身后拍了拍我的肩膀：“我想这个应该是你衣服上的吧?”

一位穿灰色西装的男士把向日葵递给我，我再一看，肩膀上的向日葵确实不见了，于是赶紧说：“谢谢，谢谢。”

说完这位男士朝会场走去。孔灵走过来说："你这么快就勾搭上了一个?"

"没有啦，是我的向日葵掉了，那位男士捡到给我了。"

"赶紧找化妆师要个别针，仪式马上开始了。"孔灵着急地拉着我的手往化妆室走。

仪式结束后，新郎新娘招呼大家去草坪上享用自助餐。举杯庆祝以后，两人在草坪中间的舞台上跳起了华尔兹。越来越多的人加入了舞蹈的行列，还有一些人聚集在一起聊天谈笑。正在这时，刚才那位男士面带微笑地朝我走了过来。

"HI!"我主动和他打招呼。

"原来你是伴娘啊，看来我有机会了。"他笑盈盈地说着。

我一时间木然了。

"开玩笑的，我叫林忆藤。"他伸出他的右手。

"叫我悠悠就好了。"我伸出手，和他那双大手紧握，这种感觉很温暖。

"我和我的朋友一起来的，她叫方星星。"我赶紧介绍星星。

他们俩握手以后我们三个便开始闲聊。

"你是孔灵的朋友吧?"

"是啊，她是我好朋友。你呢?"

“我是周振羽的合作伙伴。”他回答道。

“你们都在北京生活吗？”他继续问。

“是啊，您呢？”

“我有时候会在北京，有时候会在国外。”

“你是做什么工作的？”他继续问我。

星星知道我比较含蓄，所以提前开了口。

“她是大作家，《变男》你知道吗？前段时间各大卫视都在播的电视剧，是她写的。”

“没有了，不是什么作家，就写了一本书而已。”我有点不好意思。

“是吗？我长期待在国外，真不知道，不过我决定一会儿婚礼结束就去书店买回去研读。”他说话的时候一直看着我。

“您是做什么的呢？”我反问道。

“我做贸易的，所以才会两边跑啊。这样吧，等我下次回北京的时候，我请你们两位喝咖啡。”商人在回答问题的时候，总是特别的聪明，既礼貌地回答了问题，又回避了接下来的问题。在那一刻，我心知肚明，他了解我比我了解他要多。而且同时，他也以很聪明的办法向我索要了电话，不过我很情愿和他交换电话。临走时，他回头看了我一眼，四目相对的一刹那，我有点不知所措。

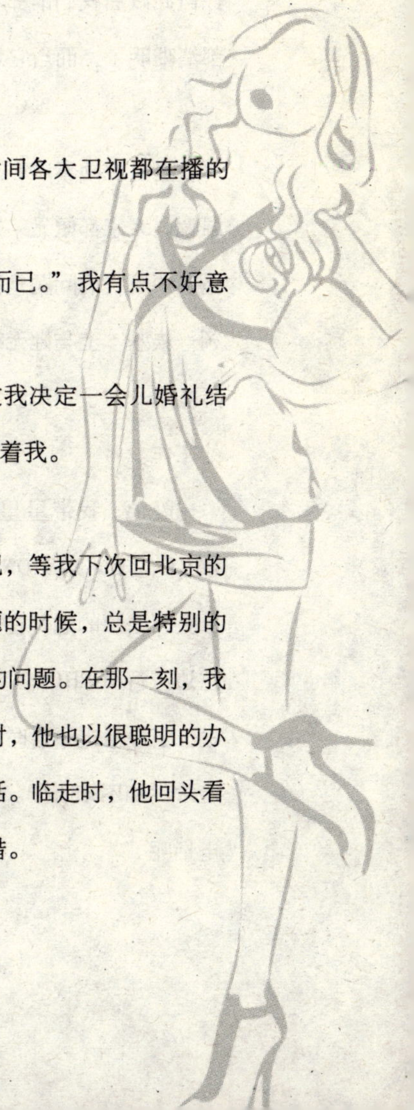

星星说：“这男人感觉还不错，而且好像对你有意思哦。”

“是吗？我怎么感觉不出呢？”我这句话说得很违心，其实我早就感觉到了。只是经历了太多，让我对这样的邂逅提不起兴趣来，也许自此以后我们谁都不会联系谁了。很多事情发生在别人身上，我们都清晰明了，而当它发生在自己身上的时候，依然会无所适从。

星星说她喜欢北京，新鲜刺激，繁华蓬勃，人和人之间很礼貌和温暖，大家都像兄弟姐妹一样。她决定留在北京。为了留在北京，星星必须解决的问题是找工作，因为她文化水平有限，所以公司高管白领一族基本上与她无缘。她本来打算重操旧业去夜店跳舞，由于想到不能跳一辈子，所以凭借着她较好的外形，很轻松地找到了一份前台的工作。

晚上，我带星星去北京的酒吧瞎晃悠。当我去三里屯的 VILLAGE 的 GOLD STONE 买冰淇淋返回青年酒吧的时候，发现星星和几个金发碧眼的老外在台上疯狂地跳着。她的舞姿看起来像异类，北京这边流行 HIPHOP，星星跳的却是钢管，这样的动作引起了青年的轰动。当星星走下台时，一个老外拉着星星和她嘀咕着什么，而星星一脸木然和不知所措。我走过去告诉星星：“这老外说他喜欢你，要你电话呢。”

“那你帮我告诉他吧。”星星脸上绽放着快乐的笑容。

我已经习惯了星星的大胆与直白。

我把电话给了那个金发碧眼的老外，和他交谈了几句后拉着星星回家了。

两天后，我去超市买了一些东西，准备等星星回来一起下厨小聚一下，不料在她家门口看见她急匆匆地上楼。

“干嘛这么着急啊？”我问她。

她打开房门，让我随便坐。

“约会呀，我要换套衣服。”就听见她房间里传来叮咚哐啷声，她翻箱倒柜，左试一件，右试一件，鞋子也扔得满屋都是。

“你还真跟这老外约会啊？”我边把食物放进她的冰箱边问她。

“是啊，他就在楼下等着我呢。”她皱着眉头，好像对每一套衣服都不满意。

“好吧，我还说今天跟你小聚一下呢，看来你已经有安排了，重色轻友呀你。”

“瞎说什么呢，我怎么会轻视你呢，明天吧，把东西放着，我们明天再弄。”她讨好地朝我笑笑。

“老大，你跟他连沟通都有问题，就这么确定关系了啊？”我皱起眉头瞅了瞅她。

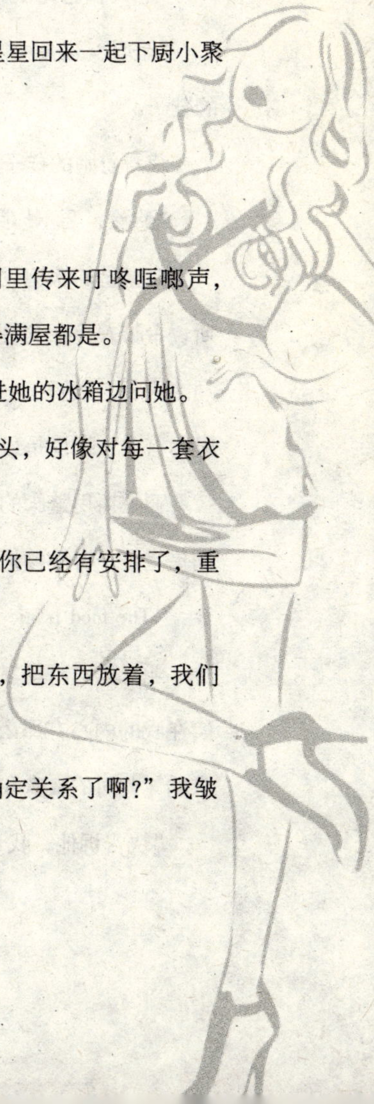

“是啊，他是我的新老公。”星星做了一个鬼脸。

“什么新老公啊，都是临时工。”我感叹道。

“怎么我连一件像样的衣服都没有啊?”她还在试着衣服。

“老大，已经很美了，你这试下去，一晚上都出不了门。”

“是吗？这套可以吧?”她从房间冲出来，一只脚穿着一种颜色的鞋子。

我看着她的样子笑了起来：“很美了，就是记得把鞋换换。”

“悠悠，要不你跟我一起去吧，我听不懂他说什么。”

在星星的软磨硬泡下，我终于和她一起下了楼。老外名叫亚尼斯，希腊人，金发碧眼，年纪大约 30 岁。他说他是希腊驻华一家公司的代表。我们在一家名叫隐泉的日本料理餐厅用餐。这家店在北京颇为有名，据说是最正宗的日本料理。

亚尼斯用蹩脚的希腊英语与我这蹩脚的中式英语吃力地交流着，而星星在一旁傻傻地笑。

“The food is nice，the same as you，and I really love you.”

亚尼斯对着星星深情地微笑着，而我却在一旁麻木地翻译着。其实在我的内心有那么一丝酸溜溜，即使不在恋爱中，人也是渴望被追求的。此时的寂寞和空虚感比独处的时候来得更为强烈。

“快告诉他，我也很喜欢他。”星星神采奕奕。

“She tell me she love you too.” 我觉得那时的我就跟机器人一样，面无表情。倘若当今社会科技再发达一点多好，直接带个翻译机器人出门，机器人没有感情，也不知道自己扮演着什么样的角色。

之后他俩便十指相扣在一起了，连吃饭也不忘紧握着双手。我仿佛一个硕大的灯泡，把整个餐厅照耀得熠熠生辉。

席间，亚尼斯还告诉我们希腊语的干杯叫做“牙酥”。此情此景，我的牙齿确实都要酥了。

临走的时候，亚尼斯很有礼貌地和我握了握手，并对我说：“yoyo，you know I love xingxing，please help me to teach her English. I want to say more to her.”

我瞅了瞅冲昏头脑的星星，苦笑一声应允了。当我们从餐厅里走出，居然有一男人从车里冲我们喊着：“操，两个女的陪老外，来陪陪我们呀!”星星听罢此言，怒气冲冲想过去揍那人，我把她拉了回来。

我知道很多中国男人很反感中国女人找老外，我却不以为然。真正拥有平等观念的人应当没有仇恨，没有歧视。既然都是人，就有被爱和爱的权利，所以我在不知道中国女人找老外的目的是否纯粹的情况下，并不反对，也不支持。要说从前中国女人找老外是为了钱，可是现在咱也不比老外穷啊。爱情和金钱这关系不就是谈钱伤感情，谈感情伤钱吗。如果说中国女人找老外是为了面子，那只能说明这样一群女人脑子生锈了；如果说中国女人找老外仅仅是为了满足身体需求，我觉得大号萝卜可能更有效。总之，我宁愿相信那是爱情，作为世界公民乃至宇宙公民，中国女人以后和外星人恋爱了，我都不反对，只要是以爱的名义。

总之，星星和这位叫亚尼斯的老外好上了。我看纯属三分钟的热度，这临时工能当多久就看缘分了，不过到时候还不知道是谁甩谁呢。

回到家里，在我的内心深处突然冒出了巨大的失落感。由于白天当了个巨大的电灯泡，所以晚上我居然梦见自己变成了个球。我不知道这球与电灯泡有着怎样的联系。前方有很多岔口，我却不知道该如何选择，只顾往前滚，而前方却是一个很大的洞，我一直害怕掉进洞里，可是最终我还是掉进了洞里。掉进洞以后我发现自己又回到了起点，接着又是很多岔口，前方又有一个大洞，我却偏偏还是往洞里掉，掉进去以后又回到了起点。第二天醒来，这个梦异常清晰。我觉得这个梦特别有意思，这是人生的寓意，也是爱情的寓意，从生到死，从恋爱到分手，都是轮回着进行的，而唯一不变的就是时间的流逝。

三个月以后，星星跟我说要搬家，搬去和亚尼斯同居。听到这个消息，我的失落感在加剧，很多时候幸福感都是来自自己的内心，而人性决定了我们又很容易受到外界的影响，这一消息对于空窗期的自己无疑是一种刺激。但是，在我看来阻碍热恋中的两个人在一起是最大的犯罪，当然即便你去阻止也阻止不了，爱情的力量是巨大的，大得让你无法想象。从小就知道小草的生命力使石头破裂，而爱情的力量丝毫不亚于生命的力量。我决定，宁拆一座庙也不毁一桩亲。这亲当以前讲是婚事，当现在讲是亲密。所以，我微笑着给予星星莫人的祝福。生活就是这样，来来去去，反反复复。离开的还会回来，回来的终将离去。一切都是基于这种循环，从生到死的循环。英国著名诗人雪莱所作的一首诗《变》，诗的结尾这样写道“除了变，一切都不能长久”。

“悠悠，你现在工作安定了，我的心也安定了一半，可是你这人生大事什么时候才能解决啊，愁啊!”母亲永远是为子女劳累的机器，只要她还在这个世界上，她的大脑没有一个时刻不在想着她的子女，她的心脏没有一刻不在牵挂着她的子女。我以后也会成为母亲，当一个女人成为母亲以后，才会做到真正的无私，不去计较得失。在爱情里，我们总是去计较得失，而在爱情的结晶里，我们忘记了什么叫计较。

“妈妈，您放心，我会结婚的，这都是迟早的问题。现在没结，不是有更多的时间陪你吗？要是现在就结了，每天就惦记着老公孩子，哪有时间陪你呢？”我安慰着母亲。

“问题是现在的社会，没几个好男人啊，叫我怎么放心啊。”母亲继续愁着。

“世界上真的没有好男人了，那么也就没有好女人了。有我这么一个好女人，就必定还存在着那么一个好男人。您就放心吧。”

“你这孩子，搞写作搞多了，说的话连妈妈都听不懂了。”母亲笑了起来。

日子还得这样过，面包会有的，男人会有的，婚姻会有的，孩子也会有的。

# 做剩女可以长寿

其实，有资本的女人才敢当剩女，而那些没有资本的或者说不自信的女人一旦毕业就着急把自己给嫁了，她们的资本是年轻，或者说她们只有年轻的资本。而剩女最起码没把年龄当做唯一资本。我就想当个剩女。有品位的男人不会用年龄来衡量女人。

另外，当剩女可以长寿。多年前我国提倡晚婚晚育，现在剩女们积极响应国家号召，却被人们冠以“剩斗士”、“齐天大剩”的名号。

我曾经这样写过：告诉你长寿的办法，答案就是晚熟。做什么都比别人晚一步。

初恋的时间比别人晚，当别人谈恋爱的时候，你可以体会学生时代的暗恋与暧昧的滋味；当别人已经逐渐爱得疲惫，你尽情享受恋爱的甜蜜；

第一次做爱比别人晚，当别人激情四溢的时候，你还在体会童贞的无忧无虑；当别人已经觉得无趣的时候，你会发现它的美妙。

结婚比别人晚，当别人过早尝试婚姻的束缚的时候，你还可以自由几年。

生孩子比别人晚，当女人20多岁就开始为孩子不修边幅的时候，你还可以走在时尚的前沿。

拥有财富比别人晚，这样别人觉得生活没有了追求，感觉无趣，甚至开始尝试赌博抑或毒品的刺激时，你会觉得财富得之不易，懂得好好享受它。

不信你试一试，你会觉得你的青春比别人长，你的生命也比别人长。

早熟易早衰，晚熟者厚积薄发。成名不能趁早，因为早熟容易夭折。结婚也不一定要赶早……

当我为专栏写下这样一篇文章的时候，另外一名剩女给我打来电话。

“悠悠，气死我啦，我和他住不下去了。FUCK!”星星犹如一个气急败坏的怨妇。

“你这和老外没同居几天，英语进步很快呀。”我乐着。

“我不是和你开玩笑。他好像是玩我呢！朋友来他家，他每次都让我躲起来，你说这是什么意思啊?!”星星在电话那头嚷嚷着。

“怎么这样啊！他这样确实太过分了吧。你说你是他女朋友，有什么见不得人的呢?”我也替星星打抱不平。

“我一开始还以为是他们希腊的习俗，后来越想越觉得不对劲，你说这欧洲应该比咱们国家开放啊，又不是阿拉伯人，遮遮掩掩，见不得人。”星星显然怒火中烧。

“悠悠，我想到你家住两天，你这边方便吗?”

“亲爱的，你要来就随时来吧，我这剩女也没什么不方便的。”我之前似乎就预料到了这一幕，并非是在她伤口上撒盐，因为我太了解生活的轮回属性。

两天以后，星星拖着她的行李箱回来了，神情黯然，情绪激动。

“不装 A 不装 C，非要装 B；不练枪不练刀，非要练剑。”一进门她就开始唠叨。

“你这是哪里学的话啊?”我边问便笑着逗星星。

“悠悠，我算是看明白了。如果男人真的爱女人，就不会急于把女人弄上床；如果女人真的爱男人，就不会急于找男人索要物质。如果女人没有索要物质而很快上了床，说明女人爱上了男人；如果男人没要求上床却给予女人物质或者帮助，说明男人爱上了女人。这理论啊，在哪个国家都一样。”我想这句话可不是星星一时激动脱口而出，一定是思考以后得出的结论。

“那你们这是谁爱上了谁呢？”

“你看我这样，肯定是我甘拜下风了啊，我是真的爱他呢。”

我看得出星星现在很痛苦：“那你跟他好好谈谈啊。”

“我跟他说了，说多了，我也说不清楚。又要找隔壁叔叔过来给我们翻译。不过我也想通了，我跟他肯定没戏，他根本没拿我当回事。”

星星说完，便进屋收拾东西去了。

第二天早上起来，她顶着两大黑眼圈出现在我的眼前。

“星星，你也别太伤心了。昨天没睡好吧，看你这熊猫眼。”

星星没有出声，我继续安慰她：“恋爱了说明你即将失恋，失恋了说明你即将恋爱啊。”

“谢谢你安慰我，亲爱的，我一宿没合眼呢。我觉得不能就这么被老外耍了，我要给他点小苦头吃。”

我疑惑地看着她。

“悠悠，我下周再搬回去和他住，你看着吧，我会让他后悔的，得让他体会体会我的感觉。”

我本想询问星星关于她所谓的计划，最后还是作罢，等着事情结束后她自然会告诉我。其实得到躯壳是很容易忽略内心的，尤其对于男人来说。西蒙那·波伏娃说：“女人不是天生的，而是被造就的。”女人是被生活和经历造就的。我的经历造就了我，孔灵的经历造就了孔灵，而星星的经历造就了星星。

男人和女人本为一体，是上帝让他们分开，在人世间不停地寻找自己的另一半。我在想象，我们在降临人间之前和我们的爱人合为一体，因为就要出生，上帝将我们分开并打乱，然后抛向人世，让我们各自去寻找对方。我们总是不停地配对，适合不适合，似乎适合，幸运的努力的人会找到自己的另一半，而倒霉的懈怠的人到死都找不到自己的另一半。所以这个世界上当一个男人一辈子都找不到自己另一半的时候，那么这个世界上必定也有个女人找不到另一半。这就是个游戏，而你必须遵循游戏规则。

当星星再次搬回我家的时候已经是一个半月以后了。这次回来，她的电话不停地响，星星使用着并不流利的英语流利地表达着她的不屑一顾。星星把局势扭转过来的时候，她并非得意扬扬，因为她还爱着亚尼斯。她知道他们结束了，他们没有结局，即便局势扭转过来了。她只是想让他感受一下她之前的感受。星星告诉我，她搬回亚尼斯住所的时候，对他百依百顺，言出必行。在亚尼斯生日那天，她跑遍北京城为他买到了他最喜欢的青花瓷，她把它包装得异常精美。当亚尼斯看到了这份礼物的时候，激动不已，慢慢地他真的爱上了星星，星星却毅然决然地对他提出了分手。

“在离开的那天晚上我做了一个梦，我梦见上辈子我是他母亲。醒来以后，我问他，如果我是你上辈子的母亲，你还会和我做爱吗？他没有回答，一脸惊愕挂在他的脸上，接着演变成一脸悲伤。我提着行李走了。”星星并不开心。

“星星，我知道你现在不好受。”我走过去摸着她的头。

“再牛B的肖邦也弹不出大爷的悲伤。”星星即便伤心的时候也丝毫看不出她的柔弱，她天生就不适合柔弱这个词语。她的野性与率真，略带中性的个性将她的悲伤刻画得不同寻常。

“亲爱的，我们出去走走吧，别闷在家里了，也许会好点。”

我们穿着睡衣朝小区外面走去，星星走到麦当劳门口突然对我说：“我想吃冰淇淋。”我们走进去要了两杯新地。服务员问星星要加什么？星星说什么也不加。星星的举动一向叫我大跌眼镜。服务员笑了笑递给了她。

我们坐下，边吃冰淇淋边聊。

“即便我们经历了很多，但是当你真正爱上一个人的时候还是会伤心。”星星叹了口气。

“你谈过几次恋爱?”

“三次。”她回答得很干脆，冰淇淋还挂在她的嘴角上。

“和我一样，哈哈，我们以后会不会爱不起来了呀?”两个孤独且单身的女人的话题。

“我觉得不会。谈的次数越多，阅人无数以后，要求就会变高罢了，但是当那个与众不同、眼前一亮的人出现时，你还是会想要去爱。”星星对未来充满着信心。

我仔细想想星星的话，觉得很有道理。恋爱多了的女人基本上把男人的类型都经历了一遍。再遇到类似的当然爱不起来，但是当她遇到与众不同的异类，心灵还是会激起涟漪。

回到家里，已经是夜里12点。我躺在床上想着自己安慰星星的话：人总有那么一个时刻，爱的时候不在一起，在一起的时候其实互相都不爱了。可总有那么一部分人喜欢自欺欺人，所以觉得自己受了伤害。其实何伤之有呢?倘若有一天你看到心仪的女人或者男人，不要问他有没有男朋友或者女朋友，因为有时即便有，也不一定爱；而有时即便没，却心中有爱。你应该问：你有喜欢的人吗?这是有关爱的偏差，内心的恋爱和现实反映的关系，在时间上是有时差的。其实这些话也同样是在安慰我自己。每个人倘若把自己教育或安慰别人的言语来检查自己的行为，那就牛了。可是我们是人，根本做不到，安慰和开导别人容易，而自己却始终深陷其中。

在我空窗期的日子里，有不少男人暗送秋波，可是我的心却如止水。偶尔我会想起孔灵婚礼上认识的那位林先生，不知道为什么，我只和他见过一次，我不了解他，他也不了解我，我们甚至后来都没有联系。也许是因为我周围出现的都是些大同小异的人，让我丝毫提不起兴趣。追你，热情似火，冲着你的身体来的，你不答应便渐行渐远。在这个快餐爱情时代，这是规律，而这样的男人让我觉得平庸，这些所谓的追求让我觉得索然无味。每个人一生中最特别的人是那个愿意与你携手到老的人，因为他持续爱你，你才会持续爱他；或者说因为你持续爱他，他才会持续爱你，一旦一方斩断这种持续，爱都会消逝在时空里。然而建立这样一种关系却是一个庞大的艰巨的工程。

周末的午后我和星星去后海的小酒吧聊天，这里有水，有树，或多或少可以让我们联想到家乡的山水，或多或少可以让我们缅怀心中的故土。慵懒一整个下午，聊天说话，很惬意。

“现在我们俩都沦为剩斗士了啊。”我感叹道。

“说到圣斗士，我最喜欢子龙了，你呢?”星星的回答总是有些九霄云外。

“我喜欢冰河，我喜欢有恋母情结的男人，很可爱。”我说。

“因为你有母性啊，你是大螃蟹，哈哈。”星星说道。

“你什么时候也开始研究星座了？”我问星星。

“自从我决定惩罚亚尼斯的那天开始。”

“关于星座和爱情，只能信一部分啊，我和熙熙是百分之百的绝配，可是结局却是最荒诞可笑的。”

“你还恨他吗？”星星问我。

“不会啊，为什么要恨，有时候我会感谢他们，他们都是我人生的老师，教会了我很多。”我喝着梨汁。

“对了，上次我离开你家，你们后来怎样了？莫毅去哪里了呢？”提起之前的各位老师，无疑会让我想起我的启蒙老师。

“他呀，他好像在香格里拉发现了什么似的，决定留在那里，我说让他住我家吧，他也不愿意，自己在客栈租了一间房子。”

“那你们就不联系了？”我问星星。

“我跟他本来就不是认真的。说起来他这人真的很奇怪，又不成家，也不见他有什么朋友，却经常跑到贫困山区去捐助当地失学的孩子。”

人真是奇怪的个体，我突然之间对莫毅的感觉有了180度的转变，甚至对他有些好感。我想每个人内心潜在都有否定自己的一面，总想找个异类来挽留自己的渐行渐远。他不停地更换女人来挽救自己。然而女人或者说肉体对他来说是治标不治本的一味江湖药丸。我从内心原谅了莫毅，虽然我并不赞成他的行为，但是我认可了他作为人存在的属性。正因为对莫毅的谅解，我想起了夏风、彭伟熙。是的，这个世界上有什么是不能谅解的呢？因为世界的平衡性，他们也为很多人带去了快乐和幸福，他们也尝到了作为人类的各种痛苦，我们都是同类，我们感受快乐和痛苦的能力是一样的。

星星的回话打断了我的思考。

“真看不出你和孔灵是好朋友呢，你们都不是一个世界的人。”

“其实她以前也没有现在这样现实，也是受到过感情的打击才变成这样。”我回答。

“可是我觉得人的本质是不会变的，像我们这样的，从前的小错误都只是青春期躁动症，而你所看到的变了的人，其实他们本质就是那样的。”星星这么认为。

“这个可说不准，说不定哪天孔灵又放弃这一切归于平静的生活呢？”我依然为孔灵辩解。

“那不就成了中年躁动症了？呵呵，不过我觉得潘多拉的魔盒一旦打开就很难关上。”我和星星都笑了起来。

“我现在越来越觉得人是没有所谓本性的，人之初，无善恶。只有坚强和脆弱之分。人一直处于动态和变化当中。”

“无论她怎么变，她都是我的朋友。下次找个机会，我好好介绍你们认识下，她人挺好的。”我对星星说。

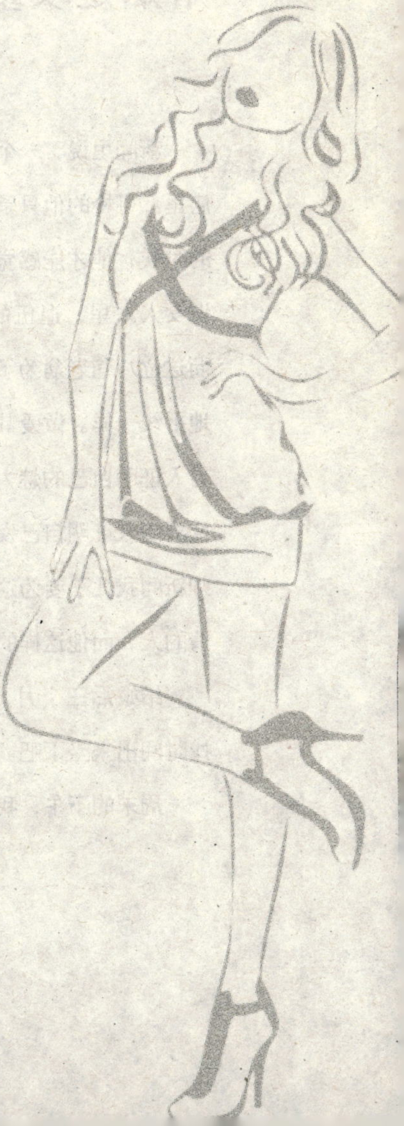

# 婚姻是坟墓

新闻里说，一个香港的八旬老翁带着情人去酒店开房，猝死在酒店里。可怜的他只是想证明自己的存在，当他抚摸女人，被女人紧贴的时候，他才能感觉自己是真真切切存在的，正如美国电影《闻香识女人》里，退伍的盲人军官重拾对女人的兴趣，对生活的希望。而这位八旬老翁为了证明自己的存在，他消逝了，就像那天边消逝的地平线一样。做爱其实永远都是一种证明。小男人证明自己成熟，老男人证明自己的魅力；小女人证明自己叛逆，老女人证明自己年轻；发育的人证明自己发育成熟，接近死亡的人证明自己还活着。看了这则新闻我几乎要为这位老翁击掌叫好，他是一个对生活充满希望和激情的人，而他这样的死去也算得上是一种美丽的死法。

结婚后三个月，孔灵主动打电话给我：“悠悠，最近干什么呢？找时间出来坐下吧。”

周末的下午，我和孔灵相约在三里屯 3.3 的 COSTA 喝咖啡，孔灵戴着CHANEL的蛤蟆墨镜，几乎把她那长得已经很小的脸遮住了一大半，身着一件PRADA的新款的黑色风衣，脚穿黑色新款罗马靴。我们在二楼就座，孔灵取下墨镜看着我，一副苦大仇深的表情。

“亲爱的，怎么了？新婚不久就这么不高兴？”我关切地问她。

“什么新婚，都是做给外界看的。我最近特别郁闷，就快得抑郁症了。没有办法讲给别人听，只有找你倾诉。我每天接触的都是那些明星名媛们，假如跟她们倾诉，她们不是取笑我，要么就是把这个当新闻曝光给媒体。”孔灵叹了口气。

“究竟是什么事情啊？”我着急地问孔灵。

孔灵看了看周围，小声对我说：“我和周振羽结婚是有协议的。”

一听此话，我眼睛睁得老大，“你是不是疯了？什么协议呀？”

孔灵捂住我的嘴巴：“你小点声儿。”

“快说说到底怎么回事。”我的声音以渐变的方式在减小。

孔灵故作镇定地挺了挺胸，既而说道：“在被他包养的期间，我帮他打理公司的一些事务，帮了他不少的忙，他也帮我接了不少的戏。有一次我们调情时，他说他每天都想跟我在一起，我就说那干吗不娶我呢？他想了想说可以，我当时喜出望外。当然，我也知道天上不会掉馅饼，所以当周振羽跟我说结婚条件的时候，我也很冷静。他说结婚可以，但是我不能干涉他和其他女人的关系，无论是情人，是包养，总之任何关系都不能干涉，他给我想要的婚姻和荣华富贵。”

“所以你答应了？”我问孔灵。

“是的，我想了想，就算他保证他会爱我一辈子，一辈子不出轨，谁信啊？无论我和谁结婚，都不能保证老公一辈子不出轨吧，这个社会就是这样的，还是摸得到的东西比较可靠。”

“那你现在的问题是什么，你不是已经做好了这样的心理准备吗？”我继续问道。

“问题在于才结婚几个月，他就经常彻夜不归。虽然我知道自己早就做好了准备，但是一个人天天守着个空房，我孤独，害怕，空虚，总之，我很不快乐。”孔灵皱着眉头。

“可是你想想，你现在住的是高档别墅，开着宾利，用的穿的全部是名牌，都是别的女人羡慕不来的啊。”我用这种辩证的方式安慰着孔灵。

“我知道自己拥有这些，但是我依然不快乐。”她呈现出一副怨妇状。

“孔灵，你要知道，这个世界就是有得有失的，不可能什么都得到，你得到金钱财富，必定会失去某样东西与之平衡。如果我们太计较得失，我们就没法活下去了。”

“你说得有道理，那我只能苦中作乐了哦。”孔灵苦笑着。

“这样吧，你有时间就出来和我们多聚聚，一起吃饭，聊天，看电影，玩游戏。”

“你们？还有谁啊？”孔灵睁大了眼睛。

“上次参加你婚礼的那个女孩啊，她是云南人，人挺好的，下次介绍你们认识。”我摸了摸孔灵的头。

谁也没想到，我这种想把孔灵从痛苦中解救出来的想法反而成了反作用力，是的，谁也没法改变上帝的旨意，谁也不知道我们再次做出选择的时候需要承受多大的代价。

我成功地把孔灵介绍给了星星，自此以后，我们三个女人就在上演着“三个女人一台戏”。一起逛街，一起喝咖啡聊天，一起看电影，一起唱歌。

这天我们去超市买酒，买零食，然后去星星租的公寓喝酒聊天。

聊了会儿天，我们决定玩游戏。例如“人在江湖漂，哪有不挨刀”，“警察妓女与嫖客”。以前这些游戏都是在酒吧玩，现在我们把它转移到了家里，输了的要么真心话，要么大冒险。

星星这轮输了，我们让他给前男友打电话，说要和他复合。在星星看来没有不敢做的事。当她拨通他前男友电话的时候，对方说：“真的吗？我也想你了。”顿时我们忍不住笑出声来，其实男人就是这样一种动物，他们的身体和嘴巴是经不起女人的诱惑和挑逗的，星星赶紧挂断了电话。接着便是星星手机铃声不断地响，我们的游戏规则是一个小时内不准接这个男人的电话，也不能回信息。

我输了，选择了真心话。星星问我多长时间没有性生活了？我很爽快地回答，一年半了，星星和孔灵听了嘴张得老大。

“得了，两位还玩不玩游戏啊？”

轮到孔灵输了，我们让她到楼下大街上随便找一个男士留电话。孔灵不敢违背游戏规则，穿着星星的拖鞋就下了楼，而我和星星在后面跟着笑得前俯后仰。孔灵连头也没回，看见迎面走过来一位男士，与其交谈片刻后，掏出手机，互相留了电话。星星说：“你真好色，看见帅哥就冲上去了。”

“姐姐们，是你们要我大冒险的不是吗？我都没看清人家长什么样子呢。真的是帅哥吗？哪种类型的啊？”孔灵两眼放光。

“还不错，挺阳光挺健康的，是我喜欢的类型呢，哈哈。”我捂着嘴笑。

“那我把电话号码给你吧。”她随口说道。

“美女不夺人所爱。”我笑着。

不一会儿，孔灵居然收到了那个男人的短信，“Oh My Lady Gaga，他居然给我发信息了。”

我和星星异口同声：“是不是后悔结婚了？”

# 你敢玩这个游戏吗

在单身的日子里，我也接触过不少的男人，但是他们大多让我觉得索然无味，他们每说一句话我都知道他们的意图，他们的每一个表情和动作我都知道他们下一步的想法和行为。例如白天见面的马先生，晚上在 MSN 上跟我聊天：

马先生：美女，你有男朋友吗？

我最怕看到这六个字，这六个字的出现预示这个男人的平庸。

**YOYO**：有关系吗？

马先生：当然！

**YOYO**：如果我喜欢你，我有男朋友，我会马上和他分手；如果我不喜欢你，我没男朋友，我也一定不会跟你在一起。

马先生：呵呵，你很漂亮，也很性感。

**YOYO**：我们现在的谈话是基于人的生物属性的，我们聊天的目的只有一个，你知道是什么吗？

马先生：是什么？

YOYO：性。

马先生：你很有意思，你单身吗？

YOYO：为什么你还在问这个？我为什么就不问你这个问题呢？

马先生：你可能不在乎。

YOYO：如果对你有意思，我可能就在乎。

马先生：哦。

这样的聊天多半是以“哦”结尾，而这样的人我多半在10句话之内就把他们喀嚓掉了。

一周后，我接到林忆藤的电话，当手机上他的名字跳出来的时候，十足让我有些惊讶和开心。因为从我们上次见面至今已经大半年过去了。我本以为我们会如过客消失在彼此的记忆里，但是生活本质在于它的不可预知性，这也就是生活本身的魅力所在。我们在上帝制造好的套子里，带着天生的烙印，我们的能动性上着枷锁，但是这个套子却深不可测，带着未知的诱惑和魅力，让人不得不往里钻。人一旦降生就无法逃脱。有人说自杀的人都是胆小鬼，其实他们往往是最勇敢的人，他们勇敢地向宿命宣战，只是他们没有想到这样一种方式其实又陷入到另一种宿命里。

对于林忆藤的邀请，我如约而至。

约见地点定在工体的许仙楼。许仙楼的装修风格非常精美、时尚，白色为主色调，镶嵌着流水荷花。整个设计似乎要梦回几百年前的白蛇传，将整个故事挪到现代社会中来。莫非我们的约会也会因此而阴错阳差。

我到达约见地点的时候，林忆藤还没有到。时间滴答地流失着，林忆藤已经迟到了一刻钟，我忍不住给他发了条信息，他没有回，半个小时过去了，给他打电话，他手机占线。我的情绪开始变得焦灼，五分钟以后我收到了他的信息：梅悠，不好意思，我遇到点棘手的事情，恐怕今天晚上不能赴约了。那一刻我气不打一处来，我没有回复他的信息，独自打车去往星星的公寓。

星星见我怒气冲天的模样，连忙拿了一瓶王老吉凉茶给我。

“怎么了？悠悠，来降降火气。今天打扮这么漂亮生哪门子气啊？”星星穿着她那件蒙奇奇的睡衣在我面前疑惑地睁大了眼睛。

“这人太不靠谱了。”我嘀咕着。

“谁？”

“上次婚礼遇见的那个男的。”我不太愿意直呼其名。

“那位帅哥啊，他回来了？”

“是啊。”

“你看看，咱们俩同时留的电话，他怎么只约你，不约我啊?”星星哈哈大笑。

“我好耍呗!”我嘟着嘴。

“耍你还要花费精力的好不好，怎么没有人来耍我呀，我欢迎被人耍啊!”星星在一旁呻吟着。

我扑哧一下笑出声来，“行了，被你这么一逗，我的气也没了。”

刚说完，便收到林忆藤的短信：悠悠小姐，我猜想你此刻觉得我是个不靠谱的人，不想再和我联系了。有时候上帝让有些人靠谱，只是为了让他们实现一个更大的不靠谱。而有时上帝让某些人看起来不靠谱，是为了让他们有改进的空间。

看完这条信息，我笑了。

“亲爱的，看你笑得多花痴，看来你就要结束一年半的内分泌失调了。”星星调侃道。

“去你的。”我把她家沙发上的大号蒙奇奇朝她扔过去。

“我家奇奇很贵的，一千多呢，别乱扔，我心疼。”星星把她的蒙奇奇放到床上去了。

“星星，说真的，我还很犹豫的。受过几次伤害以后，我真是怕投入了。”我向星星倾诉着内心的矛盾和不安。

星星从卧室走出来，一屁股坐在沙发上。“你的意思是说，遇到有感觉的你也放过?”

“不是，但是在对方没有付出之前，我是不敢轻易付出的，怕付出了以后再次受到伤害。”

我犹豫着。

“你这话就不对了，爱情是双方的。如果你也不敢轻易付出，他也不敢轻易付出，那你们只能错过彼此。”星星头头是道。

“你只有三种选择和结果，第一，嫁给一个你不爱但是有钱的人；第二，一直这样缩手缩脚地等待主动且真心爱你的男人出现，结果是你可能单身很多年，甚至也许一辈子都等不到；第三，勇敢一点去尝试爱，有可能结果还是伤心痛苦，但是过程肯定让你快乐。”

星星一语中的。所以，无论在人生的道路上遇到多少艰辛和困难，我们都要越挫越勇，而在爱情的道路上，除了继续爱，我们理应更勇敢一点。

正当我和星星聊得来劲，我的手机响了，来电显示周振羽，我有些诧异。

“梅悠，孔灵和你在一起吗?”

这一问问得我有点丈二和尚摸不着头脑，“没在一起”。

电话挂断后，我们才意识到孔灵最近玩消失，已经有两个星期没和我们碰面了。我赶紧给孔灵拨了个电话，电话不在服务区，于是我给她发信息告诉她她老公找过她。半小时以后，孔灵把电话打了过来：“我老公电话打到你这了？看来他跟不少人打电话了。”

“亲爱的，出什么事了？”我焦急地询问。

“没什么事，你怎么回答的？”她故作轻松地回答。

“我说没在一起啊。”

孔灵语速急促：“那没事了，我过几天给你电话。”

我挂断电话，星星若有所思地说：“孔灵会不会和上次留电话的男的……”

“别瞎说。”当这三个字从我口里冒出来的时候，其实我内心也开始怀疑。倘若事情真是这样，这算哪门子婚姻呢？结婚没多久，大家都开始搞外遇。而当我试图给孔灵带来快乐的时候，似乎把她推向另一个深渊。

“万一因为这事，孔灵离婚了怎么办？我不成了罪人了？”我有点自责。

“这哪里能怪你呢？他们的婚姻本来就很畸形，就算你没有带她出来玩，她自己也会出去玩出火来的。”

过了几天，一直没有接到孔灵的电话，我有点着急。我知道孔灵变了，不仅变得爱用金钱来武装自己的坚强，也变得喜欢埋藏自己的真实感受。正所谓“家丑不可外扬”，正是由于这种想用纸包住火的遮羞，才让熊熊大火一发不可收拾。周围的朋友都觉得我很笨，他们认为隐藏自己才是聪明的处世之道。过去有句俗话：会叫的孩子有奶吃。现在这句俗话变成：叫得欢的猪先被宰。从这句话来看，首先我们应当看到的不是叫得欢，而是这句话的主语是猪，不是人。也就是说，倘若你是猪，那么隐藏自己是聪明的做猪之道。所以那些不敢表露自己的其实是不自信的人或者本来就没什么能力的人。真正让人捉摸不透的不是藏得很深的人，而是总在变化和进步的人。因为无法使自己进步或者变化，所以只能靠隐藏自己来让人觉得自己足够的聪明。所以我们所处的这个社会越来越浮华，越来越多的人变得虚伪，并为自己的虚伪而感到骄傲。而当看到这样一群人的时候，正如我之前在微博上发的一段话：为什么最近我看人都有动物的形状？

终于，我忍不住拨通了孔灵的电话。接到电话孔灵依然顾左右而言他，始终不切入主题。

“亲爱的，我们认识多少年了？”我有点不耐烦，因为我知道任何一种感情，无论友情、爱情还是亲情，如果不是建立在信任的基础上，那么也就等同于没有这类感情。

“悠悠，我知道你的意思，我都不好意思跟你开口。这不是什么光彩的事情。”

“你认为朋友只是用来有福同享的吗？只是用来互相分享光彩的

事的吗？”我知道孔灵被社会给同化了，然而我却依旧想做点什么来挽回她的渐行渐远。

于是她终于全盘托出。

她说：“我和那男孩也就约会了几次。这段时间回家比较晚，有时候比他还晚，周振羽好像察觉到了什么，不过我的安全措施都做得很好，什么短信、电话全部都删掉了，他也没有证据。”

“你还真和那男孩好上了啊？你要记得你是已婚的女人哦，可不要玩火玩大了。”

“你放心吧，周振羽不会和我离婚的，他没有证据。要是和我离婚了，媒体大肆炒作，不仅会影响他在这边的生意，还要支付大量的安抚金，他才不会那么傻呢。”孔灵自我安慰道。

“那就好，咱们还是改天找个机会出来聊吧。”我长舒了一口气。

“悠悠，我出不来了，我被禁足了。周振羽不让我出门，还给我派了一名保镖，说是保镖，其实就是监视我的。”孔灵的声音变得十分可怜。

“他怎么能这样啊？这样也太没人权了吧。就允许他出去找小情人，你连出个门都不允许吗？”

“没有办法，我们是有契约的。估计过了这个风头会好些，等我可以出来了，我跟你联系。”孔灵的声音里透露着不情愿。

“好的，你一定要好好照顾自己，没事可以给我打电话聊天。”我挂掉了电话。

男人欲望金钱，欲望权势，最后欲望美色和情感，看来欲望最终还是归于最原始的本能欲望，这样看来奋斗来奋斗去还是回到了原点，这个循环大约就是人生，上帝看了一定会发笑。女人欲望房子，欲望车子，最后欲望家庭和真感情，上帝看了还是会发笑。那些被世人所不耻、自己却乐在其中的二奶或者傍大款的女人们，其实也是遭人同情的。例如老百姓的女儿麻雀变凤凰攀上了钻石王老五，在众人看来她是帮助家里世代脱贫了，纷纷羡慕不已，其实背后的艰辛只有她自己知道。人与人在物质和精神不平等的情况下必定有着偏差。我不知道为什么有那么多人每天去赌场赌钱，有那么多人期待着买彩票中大奖，我对这些没有丝毫的感觉。如果幸福、财富来得太快，我愿意接受，但是其实内心是无比恐慌的，因为我知道从这一刻开始，我需要开始回报幸福和财富了。

这个世界是一个巨大的平衡体，我们完全没有必要去理会那些拜金女的炫耀，反而应该去同情她们炫耀的背后真实的感受。因为她们为了物质牺牲了很多，甚至灵魂；而我们牺牲的仅仅是用最快的方式得到金钱。金钱物质我们会有的，只是过程会长一点，会艰辛一点。

正如我的朋友所说，你比那些用身体交换财富的女人更爱自己，从这点上来说，我更加的自私，我更注重自己的感觉。

我和林忆藤的再次相遇，是几个月以后了。我去美国旅游。林忆藤从加拿大赶往美国与我相见。电话里我得知，他之所以之前一直没有和我联系，是因为他以为我和孔灵一样是热爱金钱、物质的拜金女，然而我身上有一种不同的气质吸引了他。所以他决定去买我的书，通过我笔下的文字慢慢地了解我，因为工作的繁忙，他这一读就近乎半年。

这个时候，星星也和她的未婚夫去德国看望男方的家长。在和希腊男友分手后，星星在一次公司联欢上认识了一个德国男人。这位德国男人是他们公司的客户，在参加他们公司的联欢时，一眼就被星星的热舞所吸引，两人之后便相约出去吃饭聊天。这个德国男人为她率真的性格所征服，认识不到两个月，就把星星带到德国去订婚。

都说让爱情维持的唯一办法，就是让它保鲜。没有在一起的人有机会在一起，分分合合的人有机会爱一辈子，捆绑在一起的人只能把爱情转化成亲情，来得太快太猛的人会分道扬镳。可是星星不在乎这些，她只愿意活在当下，享受此刻的快乐。每个人有每个人的活法，作为朋友，我只希望她开心就好。

“我以为这次你会放我鸽子呢。”林忆藤温柔地笑着。

“就像上次我以为你会按时赴约一样。”我回以温柔的微笑。

这样简单的两句话，充分地说明了我们棋逢对手。

林忆藤开着车带我在纽约的大街上闲逛着。看着窗外的摩天大楼，我突然失去了时间感，只剩下空间感。

“看着车窗外的繁华，我在想千亿年前的这里是怎么样的？或许是另一种繁华？”

林忆藤没有出声，随着我的目光一起看着这城市的繁华。我们在想象中沉默着。这种想象让我进入一种悲伤的情绪。我看着他，看着这种美好，又开始想象着这些消逝的那一天。

“你害怕死亡吗？”林忆藤问我。

他用了我最爱问的一句话。

“几十年后我们都会变成灰烬。”他继续说道。

“我很害怕失去知觉，失去感觉。我是个靠感觉生活的人，死亡就意味着我不再拥有感觉，我要跟所有的感觉说再见。”我低下头。

“不知道我在生命乃至宇宙的哪个环节？”林忆藤的思绪同我一样已经扩散到无边无际的宇宙中了。

“可是宇宙的外面是什么？”我问道。

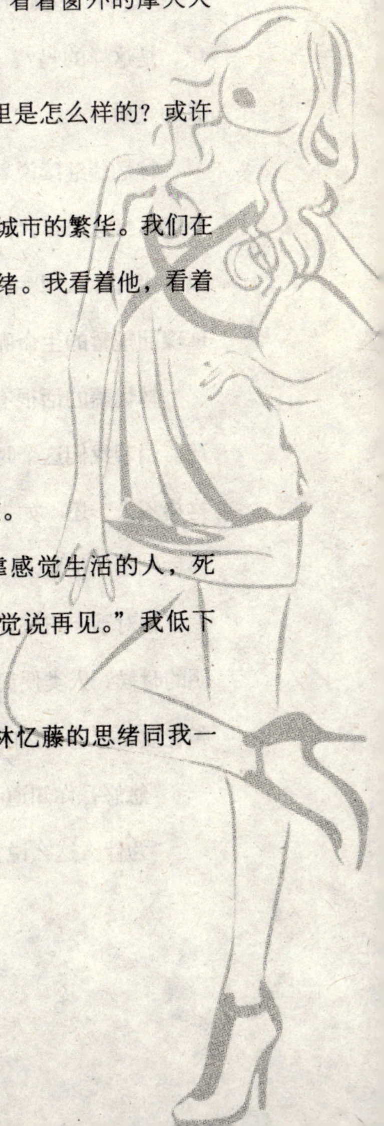

他回过头来看着我说："这种事情不能想，想多了不仅没有答案，而且会头疼，我们连生前和死后的事情都不知道，如何知道宇宙以外的事情呢？"

"是啊，假如你能想你生前的事，那么你也就知道你死后会去哪里，是这样的吗？"我回过头看着他，清晰的轮廓在黑夜中散发着迷人的气质。

林忆藤继续说着："虽然我们都害怕几十年后的死亡，但是转念一想，当这个年代的人都死了，你却还活着，大约也是一种可悲。所以长生有什么用呢？是选择和乌龟一样悠长而平淡的生命，还是人类璀璨而短暂的生命呢。"

林忆藤的话很有道理，这是对于我最好的安慰，也是最好的解药。倘若我们这个时代的人都远去，我们却还苟活着，与下一个时代格格不入，还不如去和我们那个时代的人团聚。我们应该为我们的子孙后代留出位置。

相对于宇宙来说，人类诞生灭亡也不是一次两次了。当它需要文明的时候，人类便诞生了，从诞生到成长，从成长到成熟，再到委靡和衰败，有它自然的规律。

"悠悠，你知道吗？爱情是个可怕的东西。"林忆藤说。

"为什么这么说？"

“它是有保鲜期的。”

“对，无论男人女人，生下来都带着这样一种人性的烙印。”我感叹道。

“可是女娲是不会返工的。”林忆藤看了我一眼，依然微笑着继续说道：“爱情也是个很美好的东西。”

我回头看着他。

“因为它总是让人充满着斗志与激情。”

听了此话我也跟着笑起来。

林忆藤把车开到哈德逊河旁边，停了下来。他对我说：“下车走走吧！”

“好的。”我提着包下了车，早春的纽约还是有些微冷的。我和林忆藤走在哈德逊河边。当我们感觉到一丝凉意的时候，便看见风肆无忌惮地在河面上跳起舞来。我和林忆藤相视而笑。

“悠悠，你对我来说是一份特别的礼物，我不希望我们是短暂的。可是我们是人，有些东西我们都无法左右。我会尽自己的最大努力。”林忆藤停下脚步，深情地看着我，“你看过法国电影《两小无猜》吗？”

我点点头。

“你知道敢不敢游戏吗？”

我继续点点头。

“那你敢玩吗？”

我再次点点头。

图书在版编目(CIP)数据

变男/刘闻雯著.—武汉:武汉大学出版社,2011.5
ISBN 978-7-307-08706-4

Ⅰ.变…　Ⅱ.刘…　Ⅲ.长篇小说—中国—当代　Ⅳ.I247.5

中国版本图书馆 CIP 数据核字(2011)第 072011 号

责任编辑:夏敏玲　　责任校对:刘　欣　　版式设计:马　佳

出版发行:武汉大学出版社　(430072　武昌　珞珈山)
(电子邮件:cbs22@whu.edu.cn 网址:www.wdp.com.cn)
印刷:武汉市新华印刷有限责任公司
开本:880×1230　1/32　印张:8.625　字数:162 千字
版次:2011 年 5 月第 1 版　　2011 年 5 月第 1 次印刷
ISBN 978-7-307-08706-4/I·429　　定价:19.80 元